Flatter 퓨전 판타지 장편소설
WISHBOOKS FUSION FANTASY STORY

일천회귀록

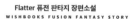

KB012972

일천회귀록 3

Flatter 퓨전 판타지 장편소설

초판 1쇄 찍은 날 | 2017년 8월 18일
초판 1쇄 펴낸 날 | 2017년 8월 25일

지은이 | Flatter
펴낸이 | 예경원

기획 | 위시북스
편집책임 | 이규재
편집 | 이즈플러스

펴낸곳 | 예원북스
등록번호 | 제396-2012-000132호
등록일자 | 2012. 7. 25
KFN | 제1-143호

주소 | 경기도 고양시 일산동구 호수로 646-24 위너스21 II 빌딩 206A호 (우)10401
전화 | 031-819-9431 팩스 | 031-817-9432
E-mail | yewonbooks@naver.com

ISBN 979-11-6098-435-4 04810
      979-11-6098-386-9 (set)

Flatter 퓨전 판타지 장편소설
WISHBOOKS FUSION FANTASY STORY

일전회귀록

3

Wish
Books

CONTENTS

1장
사기극

　해질녘 한 잔 상단주 레프만은 상황 파악이 빠른 상인이
었다.

　그는 일개 뒷골목 잡화점이던 해질녘 한 잔을 포션 찌꺼기
까지 팔아내며 대상단으로까지 키워낸 남자였다.

　레프만은 눈썰미가 날카로웠고, 세상의 흐름을 읽을 줄 알
았다.

　허리를 굽혀야 할 순간에는 가장 먼저 엎드려 절을 바쳤으
며, 턱 끝을 올려 자만심을 보여야 할 때는 몸소 나서 상대를
짓밟았다.

　예전부터 그가 악독하고 돈에 먼 남자라는 험담이 오갔고,
실제로 레프만은 그러했다.

　상단의 이익을 위해서라면 더러운 뒷거래라도 서슴지 않았

으며, 황실 노리개들에게 뿌려댄 돈만 해도 평민 가정 몇십 년은 먹여 살릴 정도였다.

그 더러운 공작 덕분에 해질녘 한 잔은 수많은 위기를 딛고 생명을 연장할 수 있었다.

그러던 어느 날이었다.

낯선 세계에서 도래한 여행자들이 대륙에 나타나기 시작했다. 왼팔에 단말기를 착용한 그들은 계획적이고 의뢰에 중독되다시피 열심히 해 삭막한 삶을 살아갔다.

본디 느긋한 대륙인들과 달리 레프만은 제 행복까지 잃어가며 일에 치중하는 여행자들을 보며 본능적으로 예감했다.

언젠가 여행자들의 세력이 무시 못 할 정도로 커지리라고.

그러한 레프만의 직감은 통했다.

여행자들 몇몇이 클랜을 만들더니 뛰어난 수완으로 뒷골목의 큰손으로 성장했다.

레프만은 개중 가장 큰 범죄 클랜과 손을 잡았다.

바로 흑호 클랜이었다.

흑호 클랜은 해질녘 한 잔이 뇌물을 먹이거나 탈세를 했던 행적을 깔끔하게 지워주었다.

정확히 무슨 수를 썼는지는 모르지만, 증거 서류를 처리하거나 황실에 첩자를 심어 둔 것이 분명했다.

그 대가로 해질녘 한 잔은 약간의 금액과 소정의 포션을 제공했다. 손해 보는 장사를 하지 않는 레프만답게, 서로가 서로에게 이득인 완벽한 거래였다.

해질녘 한 잔은 흑호 클랜에게 사냥과 성장에 필요한 물자를 공급했다. 생각보다 흑호 클랜의 수완이 나쁘지 않자, 레프만은 흑호 클랜 대장 유시도와 직접 접선했다.

유시도란 여행자는 독특한 인물이었다. 처음 보는 남자였음에도 레프만은 그에게서 상당한 위화감을 느꼈다.

최초로 범죄 클랜을 설립한 여행자였기 때문이었을까? 자신의 비좁았던 머릿속 너머가 그의 광기로 꿰뚫리는 것만 같았다.

그날 유시도는 자신에게 흥미로운 제안을 해 왔고, 레프만은 고민 끝에 그 제안을 수용했다.

해질녘 한 잔은 흑호 클랜과 장기거래를 맺었다. 뒤쪽 세계를 통해 본격적으로 판을 키우기로 한 것이다.

해질녘 한 잔은 흑호 클랜과 손을 잡고 마약 판매업을 시작했다. 유시도는 마약 거래야말로 해질녘 한 잔을 더욱 크게 키울 수 있는 기회라고 주장했다.

애초에 해질녘 한 잔은 물약 거래를 주업으로 삼던 상단이라 약물을 제조하는 연금술사나 재료를 구해오는 약초꾼을 포섭하는 데 어려움이 없었디.

실상 마약 제조법을 구하기도 어렵지 않았다. 흑호 클랜은 뒷골목의 유통을 맡았고, 해질녘 한 잔은 밤에 몰래 마약을 제조했다. 마약 판매가 가져다주는 수익은 무서울 정도로 황홀했다. 이제껏 포션만 팔며 살아온 상인 경력이 허송세월로 느껴질 정도로 마약 판매업은 막대한 부를 창출했다.

뒷골목의 고객층도 다양했다.

나락까지 떨어진 노숙자부터 시작해 도박에 찌든 귀부인까지, 고객들은 남녀노소를 가리지 않았다. 오히려 사탕이나 과자보다 판매 계층이 넓다는 생각이 들 정도였다.

처음 호기심 삼아 시작했던 작자들이 나중에는 제발 마약을 달라고 애원을 해대니 마진이 안 남을 수가 없었다. 첫맛이 달콤하기 이를 데 없자 레프만은 사업을 더욱 확장했다.

해질녘 한 잔은 마약의 생산량을 대폭 늘렸고, 흑호 클랜은 수도 이외의 지방까지 마약을 유통하기 시작했다.

막대한 수익은 수사관의 눈길마저 피할 수 있도록 해주었다. 뒷돈으로 나가는 지출은 상당해졌으나 그럴 만한 가치가 있었다.

자본이 풍부해지자 해질녘 한 잔은 다른 상단의 지분까지 야금야금 먹어치웠다. 뒷세계를 통해 다져진 자본을 사용해 소규모 상단 몇 개를 통합해 갔다. 소규모 상단을 흡수한 뒤에는, 중규모 상단을 목표로 했다.

그렇게 시간이 흘러 해질녘 한 잔은 수도의 대상단으로 당당히 자리를 잡았다.

이젠 누구도 레프만을 악독한 사내라 욕할 수 없었다. 그는 사적인 자리에서도 쉽사리 거론을 삼가야 할 거물이 되었다.

감히 누구도 레프만을 함부로 대할 수 없었다.

그랬기에 레프만은 문을 단번에 걷어차며 자신의 사무실에 들어온 남자를 회의적인 눈길로 바라볼 수밖에 없었다.

상단에 있는 레프만의 사무실은 그 누구라도 미리 얘기를 하는 것은 물론이요, 비서라도 노크와 허락 없이는 함부로 문을 열 수조차 없었다.

그러나 이 남자는 아주 당당히 문을 박차고 들어왔다. 그뿐만 아니라 그는 다리를 비꼰 채 가죽 소파에 눕듯이 편히 앉았다.

마치 자신의 집 안방이라도 되듯이 오만한 태도였다.

레프만은 작성하던 서류를 내려두고 물었다.

"넌 누구냐?"

강윤수는 무심히 대답했다.

"예비 살인마."

레프만은 순간 고민에 빠졌다.

당장 경비원을 불러 이 미치광이를 쫓아낼지, 아니면 이 정신병자를 자신의 사무실에 들여놓도록 놔둔 비서와 안내원을 해고할지.

레프만은 탁자 위에 손가락을 두드렸다.

"이 앞에서 봤을 테니 말 좀 해보게. 내 비서나 안내원이 자네 같은 정신병자를 방치할 만큼 무능하던가?"

강윤수는 질문과 관계없이 본론을 말했다.

"지금 이 건물에 폭탄을 설치해 뒀다."

레프만은 당황하지 않았다. 수십 년 상인 노릇을 해오며 이보다 더한 허언을 내뱉는 녀석들도 보았다.

레프만은 그저 평소의 인자한 가면을 벗고 주름진 분노를 얼굴로 표현해 주었다. 이러는 것만으로 대부분은 기가 죽어 상대는 꼬리를 내렸다.

그러나 강윤수는 조금도 주눅 들지 않았다.

레프만의 날카로운 눈매에 겁을 먹기는커녕 도리어 그를 똑바로 마주 보기까지 했다.

'이놈 봐라.'

레프만은 턱수염을 쓰다듬었다.

"젊은 놈이 보기보다 강단이 있군. 이쯤에서 봐줄 테니 어쭙잖은 담력 시험하지 말고 집에나 가라."

해질녘 한 잔의 상단주는 그리 말하고 다시 서류 작업에 착수했다.

그때 강윤수가 창밖을 가리켰다.

레프만은 흘깃 창가를 바라봤다.

적갈색 머리칼을 늘어뜨린 여인이 여자아이의 손을 붙잡고 걸어가고 있었다. 너무도 일상적인 광경에 레프만은 의아한 표정을 지었다.

그때 강윤수가 손가락을 가볍게 튕겼다.

탁.

콰가가가강-!

"꺄아아악-!"

여자와 아이의 발밑으로부터 새빨간 화염이 치솟았다.

두 사람의 몸은 순식간에 불길에 휩싸였다.

창밖은 혼돈의 도가니가 되었다.

거리를 가로지르던 마차는 뒤엉키고 사람들은 놀라 비명을 내질렀다.

"저, 저게 뭐람!"

불길에 휩싸인 여자와 아이는 바닥에 쓰러진 채 고통스럽게 뒹굴었다. 갑작스레 지면으로부터 솟아난 불길이 너무도 거셌던 탓에 아무도 함부로 접근할 생각조차 하지 못했다.

"젠장! 다들 비켜!"

군중이 우물쭈물하고 있는 사이, 한 중년이 겁 없이 불길로 뛰어들었다. 남자는 용맹스럽게도 불길을 맨몸으로 헤치고 두 사람을 구했다. 그는 겉옷을 벗고 두 모녀에게 붙은 불길을 털어내려 애를 썼다.

레프만은 갑작스러운 참사에 입을 다물지 못했다.

강윤수는 담담히 암막을 내렸다.

방이 어둠에 물들었고, 레프만은 이를 악물었다.

"네가 한 짓이겠지?"

강윤수는 고개를 끄덕였다.

"이 상단 지하에는 원격 마법이 걸린 폭약이 묻혀 있다. 내가 손가락만 튕기더라도 금세 폭발하지."

"빌어먹을. 거짓말 마. 너 혼자서 그런 짓을 벌였단 말이냐?"

"뭐, 정확히는 나와 동료들이 한 짓이지."

강윤수는 오른쪽 손등을 내보였다. 그곳에는 익숙한 문신이 그려져 있었다.

사나운 흑색 호랑이. 노련한 상인의 얼굴이 순간 당황으로 물들었다.

"흑호 클랜?"

"고작 하루 새에 이 정도 짓을 벌일 수 있는 자들이 우리 외에 누가 있나?"

강윤수는 소파에 도로 앉았다.

방금 여자와 아이를 산 채로 태워버렸다곤 믿을 수 없을 정도로 태연했다.

레프만은 의심스러운 눈길로 눈앞의 남자를 바라봤다. 흑호 클랜과 거래를 해오며 레프만도 많은 클랜원을 보았다. 뛰어난 눈썰미를 지닌 그로서도, 확실히 저 남자가 새긴 문신은 흑호 클랜의 증표의 것이었다.

저토록 정교한 흑색 줄무늬는 함부로 위조도 불가능했다.

거기다 그는 단말기를 찬 여행자이기도 했다.

하지만 흑호 클랜이 어째서 이런 짓을? 남자의 말대로 상단의 지하에 폭약이 설치되어 있다면, 그야말로 상황은 비참했다. 현 상단에 있는 모든 사람들, 심지어 자신까지 인질이 되었다는 의미였다. 무엇보다 상단 내에는 아직 손때도 묻지 않은 고급품이 가득이었다.

레프만이 사납게 말했다.

"왜 갑자기 이런 짓을 벌이는 거지? 흑호 클랜은 우리와 나무랄 데 없는 관계였던 걸로 기억하는데."

"나무랄 데 없는 관계?"

강윤수는 어이가 없다는 듯 입술 끝을 올렸다.

"지금 그 말을 유시도 대장님께서 꼭 들으셨으면 좋겠군. 그분이 이곳에 계셨다면 곧장 네놈의 목을 따버렸을 거다."

"젠장, 그게 또 무슨 소리야?"

"레프만, 너는 유시도 대장님을 분노케 했다."

강윤수는 오른손 손등의 문신을 만지작거렸다.

염색이나 물감이었다면 금세 지워져 버렸을 테지만, 흑색 호랑이 그림은 문질러도 멀쩡했다.

강윤수는 얼굴색 하나 변하지 않고 말했다.

"백사지 클랜을 아나?"

"백사자 클랜? 여행자들이 만든 클랜 말이냐?"

강윤수는 고개를 끄덕였다.

"현존하는 여행자 클랜 중 규모가 가장 큰 곳이지. 우리 흑호 클랜과 대적할 정도의 여행자 세력은 그곳뿐이야. 그런데 누군가 백사자 클랜에게 유시도 대장님의 정보를 뿌렸다더군."

"누가 말이냐?"

"지금 우리의 뒤통수를 친다면 가장 이득 볼 사람이 누구겠어?"

레프만은 발작적으로 소리쳤다.

"설마 지금 나를 의심하는 거냐?"

강윤수는 검지로 레프만의 가슴 정중앙을 가리켰다.

"우리 클랜 전원을 대변해 말하는데, 현재 네놈이 가장 유력한 용의자야."

레프만은 이를 악물더니 얼굴을 새빨갛게 물들였다.

"어이가 없군! 정말 어이가 없어! 그동안 쌓아 왔던 신뢰 관계를 이렇게 단번에 무너뜨릴 수 있나? 내 상단과 사람을 인질로 잡은 것도 모자라, 날 의심까지 한다고? 계속 이렇게 나온다면, 흑호 클랜과 다시는 거래하지 않을……!"

"닥쳐."

강윤수는 손가락을 가볍게 튕겼다.

건너편에서 또다시 폭음이 울렸다.

콰가가강—!

레프만은 허겁지겁 창가로 다가갔다. 거리의 한 여자가 또다시 불길에 휩싸인 채 쓰러져 있었다.

레프만이 황급히 뒤를 돌아보았다.

강윤수는 삐딱한 자세로 깍지를 꼈다.

"앉아라. 상단 전체가 불바다 되는 꼴 보고 싶지 않으면."

레프만은 마른침을 삼켰다.

자신보다 소름 끼치는 악인을 만났음을 직감한 것이다.

거짓말에서 가장 중요한 것이 무엇일까.

강윤수는 감정이 메마른 뒤로 말을 최대한으로 줄였다. 누군가에게 열변을 토했던 기억도 희미했다. 그러나 굳어버린 혓바닥도 지금만큼은 매끄럽게 굴려야 했다.

해질녘 한 잔 사무실에 들어오는 순간부터 그는 레프만에 관한 기억을 모조리 떠올렸다.

'레프만 아케른, 중년의 나이로 자식 여럿을 두고 있다. 아내라 말할 수 있는 여자가 넷이 넘으며 집에 들어가는 경우가 드물다. 청소년기의 자식들은 현재 레프만이 유통한 마약에 중독되어 가고 있다. 그러나 정작 본인은 그 사실을 모른다. 손익계산이 빠르고 탐욕스럽다. 계획적이나 임기응변에 능하지 못하고, 강자 앞에선 금세 비굴해진다.'

그다음은 손쉬웠다.

레프만의 관점에서 가장 흉악한 악당을 연기하면 그만이었다. 강윤수는 자세를 비틀고 눈매를 예리하게 만들었다.

목소리는 낮고 위압적으로 바꿨다. 흑색 호랑이 문신이 잘 보이도록 오른쪽 손등을 자연스레 보여줬다. 이제 그는 보이지 않는 가면을 쓴 것이나 마찬가지였다.

"원하는 게 뭐냐?"

내색하지 않으려 했겠지만 레프만의 목소리는 살며시 떨렸다.

강윤수는 속으로 만족한 뒤, 뻐딱한 자세를 조금도 흐트러뜨리지 않고 말했다.

"평소 우리 클랜에 달마다 상납하던 금액의 다섯 배를 내놔라."

"이게 지금 장난하나!"

레프만이 탁상을 주먹으로 내려쳤다.

쾅!

그는 흥분으로 얼굴을 잔뜩 붉혔고 주먹을 부들부들 떨었다.

"일단 그 말 자체부터 용납할 수 없군. 상납? 해질녘 한 잔이 흑호에게 휘둘리는 나부랭이라도 된단 말이냐?"

레프만은 이를 악물었다.

"거기다 평소 거래금의 다섯 배? 웃기지 마라! 네놈이 상인이었다면 지금 그 말이, 이게 얼마나 어리석은 일인지 진작 눈치챘을 거다!"

"안타깝군. 네놈이 우리 대장을 제대로 알았다면 내가 말하지 않아도 상납금을 진작 바쳤을 거다."

강윤수는 다리를 꼰 채 오른손을 들어 올렸다.

엄지와 중지를 맞물린 오른손.

언제라도 폭발을 일으킬 준비가 되어 있다는 의미였다.

레프만은 이를 까드득 갈았다.

"이러고도 무사히 넘어갈 수 있을 줄 아나?"

하지만 강윤수는 태연히 대답했다.

"원한다면 얼마든지 흑호 클랜에 보복해도 좋다. 유시도 대장님은 네깟 놈쯤은 가볍게 짓누를 자신이 있으시니까."

이것은 선전포고나 다름없는 발언이었다. 한창 세력을 불려가는 흑호 클랜에게 있어 해질녘 한 잔과의 거래 종결은 치명적이었다.

물론 정작 흑호 클랜은 해질녘 한 잔과 거래 관계를 끊을 생각이 전혀 없었고, 거래금의 다섯 배를 요구하지도 않았다. 애초에 흑호 클랜은 해질녘 한 잔과 좋은 관계를 유지했고, 서로에게 막대한 이득을 가져다주고 있었으니까.

물론 이는 모두 강윤수가 독자적으로 벌이는 사기 행각이었다. 그러나 모든 것은 자신에게 유리하게 돌아갔다.

레프만은 강윤수가 흑호 클랜의 일원이라 믿었다. 그가 복수를 하더라도 당하는 것은 자신이 아니라 흑호 클랜이었다.

철저히 이득만을 챙기고, 손해는 다른 자에게 미룬다. 이것이 사기의 최종적인 목표였다.

레프만은 신음을 내며 머리칼을 쥐어뜯었다. 무어라 반박하려 해도 언제든 폭약을 터뜨릴 수 있는 강윤수의 심기를 건드리긴 어려웠다.

대화의 주도권은 완벽히 상대에게 있었다.

"거래금의 다섯 배는 현재로썬 현찰이 부족해. 일단 현재 아르크 시와의 마약 거래를 마치고 지급하겠다."

"어쭙잖은 변명이군. 아르크 시의 거래는 두 달 뒤에 있을 예정이었을 텐데. 거기다 이런 대상단이 현찰이 부족하다고?"

강윤수가 내뱉는 말 한 마디마다 독소가 깃들어 있었다.

그것이 도발을 넘어서 레프만의 정상적 사고조차 흐리게 만들기 시작했다.

레프만은 이제껏 자신이 수없이 만들어 온 마약 중독자들처럼 초조하게 식은땀을 흘렸다.

"믿어줘. 정말 현찰이 부족하다. 큰 거래가 한창이라 우리가 금화를 모조리 마약으로 탈바꿈하고 있단 것은 흑호 클랜도 잘 알고 있는 사실 아닌가? 평소 거래금의 두 배 정도라면 몰라도, 다섯 배는 도저히 불가능해."

상인답게 위기에 몰려서도 제 할 말은 다 했다.

그러나 강윤수는 사정을 봐주지 않았다.

"그럼 물품으로 공급해라."

"물품?"

"현찰이 없다면, 거래하던 물품이 있을 것 아니야."

레프만은 잠시 생각했다가 말했다.

"마약 말인가?"

"아니, 포션."

"포션이라면 어느 종류?"

"치유포션, 성수, 동상치료액. 세 종류는 모두 사용 기한과 품질이 보증된 고급으로. 수량은 최소 1천 명이 사용할 수 있을 만큼. 강화영약은 최상품으로 6인이 쓸 수 있을 만큼."

레프만은 입을 다물고 생각에 잠겼다.

확실히 물품이 없는 것은 아니었다.

현재 해질녘 한 잔은 물약 거래보다 마약 판매업에 비중을 두고 있었다.

금액보다는 물약으로 감당하는 편이 나중을 위해서도 나았다. 물약 거래 정도야 겉모습에 불과했고 실질적 수입은 마약 판매가 대부분이었으니까.

기한만 충분하다면 물품을 준비 못 할 이유도 없었다. 거기다 지금처럼 상단과 인질이 폭발의 위험에 걸려 있는 경우라면 더더욱 그랬다.

레프만이 물었다.

"물품은 언제까지 준비하면 되지?"

강윤수는 태연히 말했다.

"지금 당장."

레프만의 얼굴은 흙빛이 되었다.

그 많은 포션을 지금 당장?

제아무리 겉모습뿐이라도 현재 거래 중인 건수를 대부분 취소시켜야 할 정도였다.

강윤수는 잠시 생각하다가 말했다.

"그리고 술도."

"그놈이 술이라도 한잔 사지 않는 이상, 오늘의 수모는 잊지 않을 거다."

뒷골목 건물 뒤편에 등을 기댄 헨릭이 투덜거렸다.

샐리의 옷매무새를 다듬어주던 샤네트가 빙그레 웃었다.

"의외로 연기 잘하시던 걸요? 누가 봐도 정의감에 불타는 남자 같았어요."

"정의감에 불타기는 무슨. 실제로 불타는 여자들을 옮기느라 나까지 죽을 뻔했는데."

"거짓말! 샐리는 안 뜨거운 불을 썼는데!"

샐리가 헨릭에게 까치발을 하며 대꾸했다.

그러자 헨릭이 픽 웃으며 샐리의 이마를 툭 밀었다.

"요 꼬마 아가씨야, 네 불이 아니라 내 낯이 뜨거웠단 말이다."

"으응? 샐리가 왜 꼬마야?"

"글쎄다. 시끄러운 데다가 울보라서?"

"샐리 울보 아니야!"

씩씩 화를 내는 샐리를 여유롭게 웃음으로 받아친 뒤 헨릭은 아이리스를 돌아보았다.

그녀는 뒷골목 뒤편에 앉아 가만히 귀를 기울이고 있었다.

"강윤수, 그놈은 대화는 잘 풀어가고 있냐?"

"글쎄, 목소리의 크기로 봐선 말 상대를 화나게도 하고, 우울하게도 만들고 있구나."

"또 사람 하나 미치게 만들고 있겠군. 그거 당해 봐서 알지."

헨릭이 안 봐도 뻔하다는 듯 대꾸했다.

도플갱어의 청력은 뛰어났다. 예전 하나트 산맥에서도 상대방의 속삭임까지 들었던 아이리스였다. 그녀의 청력은 집중만 하면 창틀 너머의 작은 소리까지 들을 수 있었다.

그래서 강윤수가 손가락을 튕길 때마다 그들은 연기를 시작할 수 있었다. 거리에서 불탔던 두 여자와 아이는 사실 샤네트, 아이리스, 샐리였다.

지면으로부터 솟아올랐던 불길은 샐리가 만들어낸 화염이었다. 겉으로 봐선 사납고 뜨거운 고열이었으나 실상 만지면 화상을 입을 정도는 아니었다.

그 탓에 헨릭은 정의감에 취한 남자를 연기하며 불길에 쓰러진 그녀들을 몸소 뒷골목까지 업어 오는 투혼을 발휘해야만 했다. 병실로 옮긴다는 핑계를 내뱉어 사람들의 이목은 피했지만 말이다.

헨릭은 샤네트와 샐리를 바라보며 말했다.

"세상에서 불이 가장 무섭지 않은 두 여자가 타 죽는다니. 이젠 정말 그놈이 무서워지려 하는군. 사기란 게 원래 이런 건가?"

"저도 나름 거칠게 살아왔다고 생각했는데, 강윤수 님을 보면 항상 생각이 바뀌어요. 그분은 어떤 과거를 지니셨을지 정말 궁금해요."

"그렇게 궁금하면 한 번 물어보지 그러냐?"

"물어봐도 가르쳐 주지 않으세요. 하지만 언젠가 때가 되면 알려주시겠죠."

"어련하겠냐."

헨릭이 빈정거렸다.

그때 상단의 앞으로 커다란 마차가 도착했다. 짐꾼들이 마차에 커다란 상자들을 차례로 실었다. 어떤 상자는 과도하게 무거웠거나 너무 많은 물건을 실었는지 많은 물건을 보존할 수 있는 대량보존마법 상자에 담겨 있기도 했다.

어딘가로 커다란 교역이라도 떠나듯 대단히 많은 물량을 실은 마차였다.

마부가 커다란 말 두 마리를 채찍질하며 마차를 몰았다. 마차는 그들이 있는 뒷골목 쪽으로 다가왔다. 물론 뒷골목이 좁아 안쪽으로 들어오진 못했다.

골목의 끄트머리에 마차가 섰다.

마부는 네 사람을 보며 말했다.

"타."

"……저 안에 담긴 게 전부 포션인가요?"

"어."

마부석에 앉은 강윤수가 고개를 끄덕였다.

샤네트는 놀랐고, 헨릭은 헛웃음을 지었으며, 샐리는 그저 순수하게 마차를 보며 감탄했으며, 아이리스는 고개를 갸웃거렸다.

"저 마차 안에 담긴 것이 무엇이냐?"

"먹으면 안 돼."

"아쉽구나."

아이리스는 슬픈 미소를 지었다.

일행은 마차에 전원 탑승했다.

강윤수는 채찍질을 세게 하며 마차를 몰았다.

반드시 마차의 천장에 앉겠다고 고집한 샐리의 목소리가 내부까지 들려왔다.

"와아! 완전 빠르고 신나!"

강윤수는 말을 몰다가 낮게 말했다.

"왼쪽 구석의 상자를 열어봐."

헨릭은 이럴 때 묘하게 눈치가 빨랐다. 그는 구석으로 가 재빨리 상자를 개봉했다. 내용물을 확인한 헨릭은 킬킬 웃었다.

"내가 이래서 네놈을 좋아할 수밖에 없다."

상자 안에 담겨 있던 것은 다름 아닌 술병들이었다. 그것도 하나같이 고급지고 비싼 종류였다. 유리잔도 딱 알맞은 크기로 놓여 있었다.

헨릭은 재빨리 유리잔에 술을 따라 샤네트에게 한 잔 주었다. 그녀의 잔소리를 막기 위한 대비책이었다.

샤네트는 못마땅한 시선으로 바라보다가 말했다.

"과음은 안 돼요."

"염려 말아라."

헨릭은 실실 웃으며 유리잔에 계속 술을 따랐다.

이번에는 아이리스에게 주었다.

"이게 무엇이냐?"

"어떤 이에게는 만병통치약. 어떤 이에게는 삶을 살아가는 이유이지."

아이리스는 호기심 가득한 시선으로 술잔을 받아 들었다.

강윤수와 헨릭은 유리잔이 아니라 아예 술병을 쥐어 들었다.

어느새 천장에서 내려온 샐리가 창밖으로 고개를 삐죽 내밀었다.

"아빠! 샐리는?"

"맛만 봐."

말을 다루느라 손이 불편한 강윤수 대신 헨릭이 유리잔에 아주 조금 술을 따라 주었다.

샐리는 신기한 눈으로 술잔에 코를 대고 향기를 맡았다.

어느새 하늘에 붉은 석양이 드리워 있었다.

달리는 마차에서, 그들은 해 질 녘을 바라보며 술 한 잔을 나누었다.

수도를 벗어난 밤엔 노숙을 했고, 아침 해는 금세 밝았다.

윈터킬 유적은 여전히 차갑고 서늘한 환경이었다.

유적 앞에 도달한 그들은 마차에서 포션이 담긴 상자를 꺼내 내려놓았다. 강윤수는 개중에서 유별나게 작은 상자를 개봉했다. 그 안에 형형색색 화려한 빛깔의 포션이 종류별로 담겨 있었다.

"마셔."

"이게 뭔데요?"

"강화 영약."

샤네트는 의심스러운 눈길로 강윤수를 바라봤다.

"……아드레날린 비약 때처럼 이상한 부작용은 없겠죠?"

"어."

해질녘 한 잔 상단에서 가져온 강화영약은 단연 최고급 물약이었다.

    부작용이 거의 없고, 단시간에 능력치를 최대한으로 끌어올려 주었다. 혈무 클랜과의 레벨 차이를 극복하기 위한 편법이었다.

    "백랑괴수 화이트 소환."

    "카르르릉!"

    소환된 화이트가 울부짖으며 전의를 불태웠다.

    강윤수는 영약이 담긴 유리병을 내밀었다.

    "마셔."

    "……."

    귀한 영약인 만큼 개수도 적었다.

    클랜원들이 오기 전에 강윤수 일행은 영약을 남김없이 마셔 두었다.

    「활기의 영약을 마셨습니다.

    반나절 동안 움직임이 빨라집니다.

    지구력이 증가합니다.」

    「체력의 영약을 마셨습니다.

    반나절 동안 공격력이 증가합니다.

    온몸의 근육이 증진됩니다.」

    「마나의 영약을 마셨습니다.

    반나절 동안 마나의 최대량이 증가합니다.」

    「세 종류의 영약을 동시에 섭취해 효능이 더욱 늘어납니다.」

곧 혈무 클랜도 윈터킬 유적에 도착했다.

유적 레이드에 대비한 만큼 다들 단단히 무장한 상태였다.

쟝인위는 놀란 얼굴로 말했다.

"정말로 저 많은 포션을 하루 만에 준비하셨군요."

두르만을 비롯한 클랜원들은 화이트를 보고 기겁해 무기를 빼 들었다. 그러나 강윤수의 소환수임을 깨닫곤 두르만이 안도의 한숨을 쉬었다.

"저 난폭한 야수를 애완동물로 조련하다니. 정말 뭐 하시는 분인지 짐작을 못 하겠습니다요."

혈무 클랜 일원들은 상자에서 각자의 포션을 지급받아 허리띠에 매달았다. 따로 치유사 클래스를 데려오지 않아도 될 정도로 포션의 배급량은 넉넉했다.

그다음 강윤수는 오른팔을 내뻗었다.

"언데드 아힌쿨 612마리 소환."

언데드 무리가 소환되었다.

강윤수는 최종적으로 배낭에 있는 물품을 점검했다.

그는 망자의 성 지하에서 얻었던 성스러운 십자가 검을 꺼내 라비안의 장검과 동시에 허리춤에 매었다.

언데드로 종족을 바꿔주는 지고한 진혼석과 용안석의 재료로 쓰이는 스켈트로돈의 눈동자는 당장 쓸 일이 없기에 그냥 배낭에 보관해 두었다.

쟝인위가 다가와 물었다.

"준비는 끝났습니까?"

강윤수는 고개를 끄덕였다.

그가 앞장섰다.

"가자."

차가운 유적의 대문이 세차게 열어젖혀졌다.

2장
프로스트 데몬

유적 내부로 진입하자 차가운 한기가 쏟아져 내렸다.

곧바로 샐리가 몸을 떨었다.

"추, 추워!"

정령은 환경의 영향을 많이 받는다.

냉기가 가득한 유적은 샐러맨더가 활동하기 어려운 장소였다.

"샤네트와 붙어 있어."

샐리가 총총걸음으로 샤네트의 허벅지에 따라가 붙었다.

이그누스 워리어로 선직한 샤네트는 가만히 있더라도 온기를 잃지 않았다.

샤네트는 지그시 미소 지었다.

"추우니까 내 옆에 꼭 붙어 있어야 해. 알겠지, 샐리?"

"응! 엄마는 따뜻해서 좋아. 이러면 나도 불을 쓸 수 있어!"

샐리는 샤네트의 곁에서 열기를 충전했다.

그들은 유적 깊은 곳으로 진입했다.

냉기가 어린 바닥에 빙석해골들이 하나둘씩 일어나기 시작했다. 대충 어림잡아도 800마리가 넘는 숫자였다.

'원래는 후열에서 불화살을 쏘거나 화염 계열 마법사를 데려오는 것이 정석이지만, 지금은 다르게 가야겠군.'

강윤수가 크게 소리쳤다.

"샐리와 샤네트는 빙석해골의 진입을 막아라."

전열의 샤네트가 대낫을 얼음 바닥에 세게 처박았다.

"염화술!"

바닥으로부터 한 겹의 불의 장벽이 펼쳐졌다. 동시에 후열에 있던 샐리가 양손을 번쩍 들었다.

"화염의 진노!"

불의 장벽에 세찬 화염이 여러 겹 둘러싸였다. 극한까지 달궈진 화염의 장벽이 얼음과 맞닿아 희뿌연 수증기를 발생시켰다.

빙석해골들은 난생처음 겪는 현상에 두개골을 소란스럽게 휘저었다.

몬스터의 돌격이 차단되자 강윤수가 검을 높이 들었다.

"놈들이 당황한 틈을 타 기습한다. 빙석해골은 두개골을 꿰뚫기보단 견갑골 사이의 뼈마디를 노리는 것이 유리하다."

강윤수의 명령이 떨어지자 클랜원과 소속된 언데드들이 무서운 속도로 돌진했다.

"으아아一!"

"쿠르르륵一!"

강윤수 역시 정면으로 돌격했다.

남들 몰래 마셔 둔 영약 덕분에 빠르고 통쾌한 전투를 이뤄 갔다. 그가 검을 내지를 때마다 빙석해골의 뼈마디에 금이 갔다.

왼손의 지팡이를 세차게 꽂으며 그가 소리쳤다.

"뇌전방출."

빙석해골 여러 마리가 작렬하게 터졌다.

클랜원들도 사납게 몬스터와 싸웠다. 힘찬 기합성이 떨어질 때마다 무기와 얼음 뼈가 부딪치는 소리가 살벌하게 울렸다.

챙一! 챙一!

그러나 빙석해골도 쉽사리 쓰러지지 않고 팔 마디를 무는 식으로 반격했다.

"어억一! 내, 내 팔이!"

빙석해골에게 물린 클랜원이 새파래진 얼굴로 소리쳤다. 몬스터에게 물린 팔의 상처 부위가 치명적인 동상으로 발전했다.

강윤수는 침착히 소리쳤다.

"빙석해골에게 물렸다면 그 즉시 지원받은 동상치료액으로 치료해라. 동료가 몬스터에게 물린 경우를 목격했을 경우도 마찬가지다. 그 즉시 동상치료액을 뿌려라."

대부분의 클랜원들은 수월하게 전투를 이행했다. 그러나 몇몇은 미끄러운 얼음 바닥에 적응하지 못하고 칼을 휘두르다 미끄러지고 말았다.

"제, 젠장! 바닥이 너무 미끄러워!"

기회를 놓치지 않고 빙석해골이 쓰러진 자들을 향해 달려들었다.

그때 뒤쪽에서 느긋한 목소리가 들려왔다.

"이 철없는 뼈다귀 놈들아! 걸음마 배우는 애들한테 달려들어서야 쓰겠냐?"

목각 인형이 몰려와 쓰러진 사람의 앞을 막아 나섰다.

헨릭은 전방으로 나서지 않았다. 그는 후열에서 최대한으로 마나의 실을 늘어뜨려 무려 24개의 인형을 지휘했다.

결국 마지막 남은 빙석해골 한 마리가 혈무클랜의 일원에게 박살 나고 말았다.

"이겼다!"

"우리 쪽은 사망자가 한 명도 없어!"

클랜원들은 기쁜 마음으로 소리쳤다.

강윤수의 레벨도 6개나 올랐다. 그러나 그는 냉담한 표정을 지을 뿐이었다.

'아직 모자라. 더욱 빠르게 진행한다.'

강윤수는 반복된 회귀를 통해 윈터킬 유적의 공략법을 암기하고 있었다. 비록 기존보다 레벨이 낮은 정예로 왔을지라도 그는 충분히 유적의 심장부까지 다다를 자신이 있었다.

모두가 휴식을 취하고 치유포션으로 부상을 회복했다.

"이제 다음 층으로 진행하지. 누구도 나보다 앞장서 걷지 마라."

강윤수는 가장 선두에서 걸어갔다.

한참을 걷자 아래층으로 가는 계단이 보였다.

"유적이 지하로 이어지나 보군요. 보물이 숨겨진 심장부는 최하층에 존재할 겁니다."

쟝인위가 덧붙여 설명했다.

아래층으로 내려가던 도중이었다. 희게 얼어붙은 거대한 바위 위로 희미하게 써진 글귀가 보였다.

샤네트가 미간을 찌푸렸다.

"뭐라고 씨진 깃 같기는 한데…… 잘 보이지 않아요. 굉장히 오래전에 쓰인 것 같은 걸요."

"흐음, 비켜 봐라."

헨릭이 조각도를 들더니 바위의 희미한 글자를 깎아내렸다.

바위 겉면에 엷게 내린 서리가 부서지고 글귀가 제대로 드
러났다.

「나는 대륙 어디도 안 가본 곳이 없는 모험가 레키먼드다.
어려서부터 방랑벽에 젖어든 나는 대륙의 모든 곳곳을 떠돌아다녔다.
거신이 들끓는 마탑이나 미치광이 드래곤의 둥지도 가봤다.
그런 내가 이딴 유적에 갇혀 생을 마감하게 되다니!
환각마법이 걸린 각판을 섣불리 만진 것이 미치도록 후회된다.
너무도 억울해서 나는 온전히 죽을 수도 없었다.
나는 얼어붙어 가는 몸을 부여잡고 최후의 유적 탐사를 시작했다.
마침내 생명의 불꽃이 사그라지기 직전, 나는 찾아내고야 말았다.
누가 알았겠는가.
바로 이 유적에 불사의 비법이 숨겨져 있을 줄은!」

바위에 새겨진 글귀는 거기서 끝나 있었다.
모두가 놀란 표정을 지었다.
"불사의 비법? 그게 무슨 소리야?"
"유적의 심장부에 있는 보물과 관련 있는 것 아니야?"
그때 여행자들의 단말기가 진동했다.

「모험가 레키먼드의 숨겨진 의뢰!」

여행자 클랜원들은 놀란 눈으로 단말기를 확인했다.

대륙인 클랜원들은 태생적인 능력으로 눈앞에 생성된 의뢰를 확인했다.

【고대의 모험가】

레키먼드의 마나골렘을 따라 유적을 탐사하십시오.

유적 곳곳에 흩어진 레키먼드의 기록이 새겨진 다섯 바위를 찾으십시오. 모든 기록을 찾으면 비밀의 방에 도달할 수 있습니다.

보상 – 불사자 레키먼드와의 조우

"숨겨진 의뢰다!"

의뢰를 어딘가에 숨겨놓는 행위는 베테랑 모험가만이 가능하다.

보통 숨겨진 의뢰는 높은 확률로 진귀한 보상을 얻게 될 확률이 높았다.

그것이 좋은 방향인지는 확실치 않았지만.

쟝인위는 의혹이 깃든 눈길로 유적 지하를 돌아보았다.

"레키먼드의 마나골렘? 그런 게 어디 있다는 거지?"

말이 끝나기 무섭게 글귀가 적혀 있던 커다란 바위가 크게 움직였다. 서리가 떨어져 내리며 바위로 된 굵직한 팔다리가 움직였다.

마나가 깃든 푸른 바위가 거동했다.

샤네트가 놀라며 소리쳤다.

"골렘이에요!"

마나석으로 이뤄진 골렘. 마나골렘은 아득한 위치의 눈동자로 그들을 내려다봤다.

굵고 충직한 목소리가 울렸다.

"나, 위대한 모험가 레키먼드 아우렐의 명령을 따라 너희를 안내하겠다."

마나골렘은 공격하지 않고 그 자리에 서 있었다. 처음에 다가오기 무서워했던 클랜원들도 조심스럽게 다가왔다.

"오오!"

"이렇게 커다란 골렘이 우리 아군이란 말이야?"

"굉장하군. 연금술사들이 자력으로 만들어내는 골렘보다 훨씬 크고 강력해."

샐리도 폴짝폴짝 뛰어올라 골렘의 어깨에 앉았다.

"와아! 이 바위 엄청 커다래!"

마나골렘은 겉보기와 마찬가지로 묵묵했다.

골렘은 느릿느릿하게 발걸음을 옮겼다. 그때 강윤수가 골렘보다 앞서서 척척 걷기 시작했다. 마나골렘이 기분 상한 목소리로 말했다.

"너, 나보다 앞에서 걷지 말라."

"싫어."

"너, 왜 내 뒤에서 걷기를 거부하는가."

"네가 느리잖아."

"너, 무척 싫다."

그러자 샐리가 골렘의 어깨 위에서 천진난만하게 말했다.

"바위야, 바위야! 우리 아빠는 원래 저래!"

"너, 왜 내 어깨에 타고 있나. 내려라."

"히잉. 샐리는 이 자리가 편해! 전망도 좋아!"

"너도, 무척 싫다."

헨릭이 픽 웃었다.

"픽 웃기는 놈들이구먼."

윈터킬 유적 지하 1층은 무척 넓었다.

마나골렘과 강윤수 일행이 가는 곳마다 새로운 몬스터가 출현했다. 얼음 바닥을 꿰뚫고 아이스 랜드웜 수백 마리가 튀어나왔다.

모두가 경계 어린 표정으로 무기를 뽑아 드는 가운데, 오로지 아이리스만이 흐뭇한 미소를 지었다.

"저들은 해골들과 달리 심장이 있구나. 맛이 좋겠어."

"……시식 감상은 나중에 들려주세요!"

샤네트가 불이 붙은 대낫을 힘차게 휘두르며 소리쳤다.

아이스 랜드웜은 일반 랜드웜처럼 이빨로 공격했으나 바닥을 뚫고 내려와 갑작스레 고개를 내미는 경우가 잦았다.

마나골렘은 쿵쾅쿵쾅 뛰어다니며 묵직한 손놀림으로 랜드

웜을 산 채로 뽑아냈다. 골렘은 아이스 랜드웜들을 손을 꽉 쥐어 그대로 터뜨려 버렸다.

콰지직—!

"적, 죽인다."

마나골렘의 위압감은 대단했다.

덩치도 덩치였으나 마나가 부여된 바위로 이뤄진 신체였다. 일반 골렘과 달리 힘과 체격이 훨씬 뛰어났다.

쟝인위가 말했다.

"저렇게 강인한 골렘이 아군이라 다행이군요."

"나중에 적으로 돌변하니까 조심해."

"예?"

쟝인위는 강윤수를 바라봤지만, 그는 이미 다른 곳으로 걸어가 버린 뒤였다. 마나골렘이 수많은 몬스터를 학살하다시피 한 덕분에 유적 내부 탐사가 수월히 이뤄졌다.

레키먼드의 기록이 적힌 바위도 모두 찾아냈다.

바위에 새겨진 문장을 하나로 잇자 독특한 이야기가 만들어졌다.

「나는 오랜 조사 끝에 불사의 비법이 유적의 심장부에 존재한단 것을 알아차렸다.

유적의 최하층에는 거대한 얼음의 거인이 살고 있다.

나는 모닥불 빛을 이용해 거인의 눈을 흐렸고, 그사이 유적의 심장부로 들어갔다.

　나는 그곳에서 불사의 비법을 찾아내고야 말았다.

　그것은 이 유적에 숨겨진 가장 위대한 보물이었다!

　아직도 몸에 담긴 흥분이 가시지 않는다.

　유적의 심장부에 그 보물을 보관했다.

　그리고 이 기록을 남긴 뒤, 나는 불사자가 될 것이다.」

　그 순간 바닥이 크게 진동했다. 벽이라고 생각했던 저편이 열렸다. 마나골렘은 그곳으로 쿵쾅쿵쾅 걸어갔고, 그들 역시 그 뒤를 따랐다.

　그곳은 거대한 방이었다.

　드넓은 공간에 얼음으로 이뤄진 제단이 보였다. 무엇을 위한 제단인지 드높고 고풍스러운 양식이었다.

　"여기는 대체 뭐하는 곳이지?"

　"저길 봐! 누군가 제단의 꼭대기에 있어!"

　제단의 꼭대기에는 얄팍하고 비루한 옷차림을 가진 중년이 앉아 있었다. 오랜 여행을 한 사람처럼 그의 등에는 많은 등짐이 들려 있었다.

　중년은 가느다란 목소리로 말했다.

　"대단해. 이곳까지 온 모험가들은 자네들이 처음이군."

　"당신은 누구십니까?"

　"레키먼드 아우렐. 300년 전, 자네들처럼 이 유적에 들어와

길을 잃고 만 모험가지."

클랜원들은 놀란 얼굴로 레키먼드를 바라봤다. 그는 300년을 살아온 자라곤 믿기지 않을 만큼 젊어 보였다.

반면 레키먼드는 온화한 얼굴로 말했다.

"나의 기록을 파악해 이곳까지 온 자들이라면 틀림없이 훌륭한 모험가들이겠지. 좋은 후배를 둬 행복하군. 모두 내가 숨겨놓은 의뢰는 받았겠지? 보상을 받고 싶은 자는 이곳으로 올라오도록 해."

가장 먼저 제단에 오른 것은 다름 아닌 강윤수였다.

하기야 일행의 대표자는 그였으니 가장 먼저 보상을 먼저 받는다고 해도 딱히 불만스러운 일은 아니었다.

강윤수는 천천히 제단을 올라와 레키먼드의 앞에 섰다.

레키먼드는 싱긋 웃으며 손을 내밀었다.

"자네들처럼 용맹스러운 모험가들 덕에 멋진 무용담이 세상을 이루지. 악수 한 번 괜찮겠나?"

강윤수는 레키먼드를 지그시 바라봤다.

그는 손을 내밀지 않았다. 오히려 허리춤에 걸린 검의 칼자루에 손을 가져갔다.

"뭐하는 짓이지?"

"처음에 널 만났을 때는 제법 당황했지. 설마 의뢰의 보상이 제단의 제물이 되는 것이라고 누가 예상이나 했겠어."

"이해할 수 없군. 그게 무슨 소리인가?"

레키먼드가 눈살을 찌푸렸다.

강윤수는 허리춤에 걸린 성스러운 십자가 검을 움켜쥐었다.

"살아오면서 여러 가지 시도를 해봤지. 경험상 너는 인간인 척 연기하고 있을 때 기습하는 편이 가장 좋더군."

레키먼드가 무어라 말하려는 순간이었다.

서걱-!

강윤수의 십자가 검이 그의 심장을 내찔렀다.

눈부신 십자가 검이 레키먼드의 가슴에 박혔다. 하지만 그는 눈썹조차 찡그리지 않은 채 싸늘하게 읊조렸다.

"이곳에 숨겨진 비밀이 나를 변하게 했다. 나는 죽음을 벗어났지만, 끔찍한 저주를 받았어. 죽지 않기 위해선…… 피가 필요해."

레키먼드의 눈동자에는 광기가 어려 있었다.

거대한 외침이 제단을 진동케 했다.

"이곳에 들어온 이상, 너희의 피는 모소리 내 것이다!"

레키먼드의 살갗이 갈기갈기 찢기기 시작했다. 마르고 빈약했던 체형에서 튼실한 뼈가 도드라지고, 창백한 빛의 피부가 드러났다. 그의 등줄기에서 검은 날개가 튀어나왔다. 새카

맣게 변한 레키먼드가 크게 울부짖었다.

"크아아아아악-!"

「하급 악마 프로스트 데몬(레벨 261)이 출현했습니다!」

제단 밑에 있던 클랜원들이 경악하며 소리쳤다.

"모, 몬스터잖아!"

"뭐야! 의뢰의 보상을 주는 것 아니었어?"

의뢰의 보상자라고만 생각했던 인물의 몬스터화.

갑작스러운 상황에 가장 먼저 반응한 것은 강윤수였다.

그는 재빠르게 제단을 내려오며 소리쳤다.

"마나골렘에게서 떨어져라."

클랜원들은 서둘러 골렘에게서 멀어졌고, 샐리 역시 골렘의 어깨에서 폴짝 뛰어내렸다.

방의 출구에 서 있던 마나골렘이 갑작스레 양팔로 바닥을 내려쳤다.

콰가가강-!

거대한 굉음과 함께 얼음 바닥이 두 쪽으로 갈라졌다.

"나, 위대한 모험가 레키먼드 아우렐의 명령을 따라 너희를 죽인다."

장대한 괴력을 지닌 마나골렘.

방금까지 든든했던 아군이 적으로 돌변하고 말았다.

프로스트 데몬은 새카만 날개를 활짝 펼쳤다.

"얼음의 소나기여! 나의 피와 양식이 될 자들을 향해 내리쳐라!"

프로스트 데몬의 광범위 마법. 공중에서 얼음송곳 수백 개가 형성되더니 세차게 내리치기 시작했다.

강윤수가 재빨리 소리쳤다.

"샤네트, 샐리. 불을 사용해 장벽을 이뤄라."

"염화술!"

"화염의 진노!"

두 거대한 불길이 하나로 합쳐져 내려오는 얼음송곳과 맞부딪혔다. 그러나 얼음송곳을 완전히 녹이지 못해 뾰족한 파편이 여러 곳으로 튀었다.

동시에 마나골렘이 양팔을 무서운 속도로 내려쳤다.

"나, 위대한 모험가 레키먼드 아우렐의 명령에 따라 너희를 죽인다."

콰가가가강─!

"끄아악─!"

클랜원 세 명이 순식간에 뭉개져 버렸다.

첫 사망자가 나온 것이다.

강윤수는 오히려 담담했다.

'애당초 사망자 없이 유적 레이드에 성공할 거라 기대하지도 않았다.'

광범위 마법을 펼치는 프로스트 데몬과 출구를 가로막은 마나골렘. 이 총체적 난국의 상황 속에서 강윤수는 두 보스의 레이드를 동시에 공략해야만 했다.

"눈의 폭풍이여! 나의 욕망을 채워줄 희생양을 얼려내라!"

제단 위의 프로스트 데몬이 새로운 대규모 마법을 영창하기 시작했다.

강윤수는 서둘러 큰 목소리로 외쳤다.

"모두 각자의 무기를 성수에 적셔라."

성수는 겉보기에 투명한 물에 불과하지만 도구에 적시면 신성력이 부여된다.

망자의 성에서도 겪었듯, 신성력은 악마와 언데드에게 치명적인 피해를 입혔다. 그저 성수를 적시는 것만으로도 무기의 단면이 밝게 달아올랐다.

"검사와 창병은 전열에 선다. 궁사들은 후열에서 프로스트 데몬을 향해 화살을 날려라."

클랜원들은 침착히 대열을 맞춰 섰다. 그러자 뒤쪽에서 마나골렘이 양팔을 높이 들어 올렸다. 대열을 맞췄어도 마나골렘의 공격을 막지 못한다면, 그대로 허망한 죽음을 맞이할 뿐이다.

"헨릭, 마나의 실을 늘어뜨려라."

"대충 무슨 의미인지 알아들었다!"

눈치 빠른 헨릭이 고개를 끄덕였다. 그는 인형을 소환상자에 거두고 마나의 실을 한껏 늘어뜨렸다.

최소 50미터 이상의 길이였다.

"실 묶기."

인형사의 가장 기초적인 스킬이었다.

인형조종을 포기하는 대신, 마나의 실을 늘어뜨려 몬스터를 속박하는 것이다. 헨릭의 손으로부터 뻗어 나간 마나의 실이 마나골렘의 양팔을 칭칭 옭아맸다.

"이거, 오래 묶을 순 없다! 빨리 어떻게든 해!"

헨릭이 안간힘을 쓰며 벌게진 얼굴로 소리쳤다.

강윤수는 한가히 서 있는 미인을 바라봤다.

"아이리스."

"왜 그러느냐?"

"땅 파."

이 방에 들어오기 전, 아이리스는 아이스 랜드웜의 심장을 먹었다.

아이스 랜드웜은 얼어붙은 바닥도 파고 들어가 땅 구멍을 만드는 생물. 현재 아이리스는 그 특성을 흡수해 낸 상태였다.

아이리스의 손등에 아이스 랜드웜의 구강과 유사한 이빨이 돋아났다.

"어디를 파면 되겠느냐?"

"마나골렘의 발밑."

아이리스는 속박당한 마나골렘의 발 주변을 파기 시작했

다. 아이스 랜드웜의 특성과 도플갱어의 악력이 합쳐져 무서운 속도로 얼음 바닥이 파헤쳐졌다.

마나골렘의 몸이 크게 기울더니 뒤쪽으로 쓰러졌다.

콰가강-!

"언데드들은 쓰러진 마나골렘이 일어서지 못하도록 제압하라."

600마리가 넘는 언데드 아힌쿨이 마나골렘을 향해 돌격했다. 그사이, 장전을 마친 궁사들이 성수를 바른 화살을 쏘았다.

"에어본 샷!"

"삼발사격!"

"예리함의 화살!"

각종 스킬이 합쳐진 화살 무더기가 빗방울 세례처럼 프로스트 데몬에게로 향했다.

그러나 그 순간, 악마의 영창이 끝나고 말았다.

휘이이이익-!

프로스트 데몬의 주위로 눈의 폭풍이 거칠게 일기 시작했다. 당장 다가가기만 해도 살갗이 찢어질 듯한 극한의 눈보라. 날아간 화살들은 모조리 눈보라에 휩쓸려 흐지부지되어 버렸다.

눈보라의 범위는 더더욱 커져 제단 밑의 클랜원들에게까지 영향을 끼쳤다.

"으악! 모, 몸이!"

"스친 것만으로도 얼어붙는 것 같아!"

모든 것을 얼려 버릴 듯한 극저온의 눈보라. 손이 얼어 무기조차 제대로 잡기가 힘들었다. 거기다 눈발을 띤 바람 탓에 시야가 급격히 흐려졌다.

"샐리."

"불꽃무장!"

샐러맨더가 양팔을 활짝 펼치고 마법을 시전했다. 모두의 무기에 화려한 빛의 불꽃이 덧대어졌다. 적절한 온기가 맞물려 냉기 피해를 최소화할 수 있었다.

"저주의 늪."

바닥에 시커먼 안개가 짙게 깔렸다.

검을 쥔 손아귀로부터 힘이 빠지고, 왠지 모르게 용기가 나지 않았다.

기침을 하며 고통을 호소하는 클랜원도 있었다.

"저주다!"

"숨을 조심해서 쉬어!"

강력한 광범위 마법과 약화의 저주. 제단 위에 올라선 악마는 강렬한 몬스디였다.

'일단 프로스트 데몬을 제단에서 내려오게 만들어야 한다.'

프로스트 데몬이 제단의 꼭대기에 있는 이상, 광범위 마법을 연속해서 퍼부어올 것이다.

강윤수는 크게 소리쳤다.

"화이트, 나를 태워라."

"마르크노크!"

충성을 맹세한 웨어울프가 달려와 몸을 낮추었다.

강윤수는 그 위에 올라타 말했다.

"악마를 향해 달려라."

"라미루크라?"

"발톱을 길게 빼고 벽면을 가로질러."

화이트는 매서운 속도로 질주했다. 뺨과 눈가가 얼어붙을 것만 같은 눈보라에도 화이트는 악착같이 달려갔다. 그러나 화이트는 제단으로 향하는 대신, 벽면으로 높이 뛰어올랐다.

화이트는 발톱으로 벽면을 갉듯이 타고 올랐다.

그 순간, 강윤수의 뒤편에서 섬뜩한 목소리가 들려왔다.

"네놈부터 먹어주지."

돌아보자 어느새 프로스트 데몬이 검은 날개를 활짝 펼친 채 자신 쪽으로 날아와 있었다.

"아이스 터치."

프로스트 데몬은 검은 팔로 푸른 한기를 뿜어냈다. 강윤수는 반사적으로 화이트의 등을 밟고 뛰었다.

그러나 허공에 무작정 뛰어든 강윤수는 무서운 속도로 추락하기 시작했다. 저 아래에서 프로스트 데몬이 사악한 눈초리로 그를 노려봤다.

'몇 초다. 고작해야 몇 초가 생사를 가른다.'

강윤수는 짧게 심호흡했다.

반쯤은 추락이라고 해도 좋을 표현이었다. 눈조차 제대로 뜨기 힘들 만큼 강력한 풍압이 강윤수의 안면을 휘갈겼다.

그러나 그는 아예 눈을 감고 칼자루를 움켜쥐었다.

"심연의 검술."

데스 제네럴 칼리번에게서 배운 검술.

자신보다 강한 적일수록 극도로 생명력을 깎아 먹을 수 있는 스킬이다.

강윤수는 불꽃과 신성력이 휘감긴 칼날을 내려쳤다.

그 일격은 흡사 빛나는 낙뢰와도 같았다.

콰직─!

프로스트 데몬의 가슴을 세차게 베었다.

악마의 가슴에는 여전히 십자가 검이 박혀 있었고, 강윤수가 내려친 일격은 치명타를 주었다.

강윤수는 커다랗고 두꺼운 날개 한 짝에 칼을 세차게 꽂아 추락을 방지했다.

"내게서 떨어져라!"

프로스트 데몬이 격렬히 저항하며 날개를 퍼덕였다. 그러나 강윤수는 쉽사리 떨어져 줄 생각 따위 추호도 없었다.

그는 악마의 목뒤에 연속으로 검을 내려쳤다.

"심연의 검술. 심연의 검술. 심연의 검술."

3연속 검술이 미친 듯이 프로스트 데몬의 가슴에 내리꽂혔다.

활기를 20%씩 소모하고, 실패 확률이 높지만 성공하면 막강한 위력이 동반되는 스킬. 심장에 박혀 있는 십자가 검 덕분에 악마에게 준 피해는 훨씬 막강해졌다.

비행의 궤도를 흐트러뜨리기에는 충분했다.

"크흑!"

날개를 퍼덕이더라도 뒤에 적을 방치한 채로 비행하는 것은 자살행위다. 프로스트 데몬은 벽에 몸을 사납게 부딪쳤다.

몸체가 격하게 움직였고 날개의 뒤축이 흔들렸다.

그러나 강윤수는 칼을 내리꽂은 채 중심을 잃지 않았다. 질긴 기생생물처럼 그는 도저히 떨어질 기세를 보이지 않았다.

"빌어먹을!"

프로스트 데몬은 바닥에 느리게 착륙했다. 그 순간 강윤수가 등에서 떨어지더니 재빨리 소리쳤다.

"전원, 악마를 향해 공격을 퍼부어라."

"으아아아―!"

200명이 넘는 클랜원이 프로스트 데몬을 향해 달려들었다. 성수를 적신 무기가 휘둘리고 화살은 무더기로 쏘아졌다. 프로스트 데몬은 매섭게 이를 갈더니 손톱이 길게 자란 팔을 휘둘렀다.

"콜드 아머!"

악마의 전신에 차가운 갑옷 형상이 덧대어졌다.

상급방어마법.

쏘아진 화살과 날카로운 무기의 단면도 갑옷에 부딪히면 모조리 얼어버렸다.

"네놈들의 피와 살점은 나의 힘이 된다! 내놓아라!"

프로스트 데몬은 팔을 내찌르더니 클랜원 5명의 가슴을 꼬챙이처럼 꿰뚫었다. 그리고 시체가 되어버린 클랜원을 양손으로 뭉개 버리더니 울컥울컥 씹어 먹기 시작했다.

그러자 프로스트 데몬의 상처가 치유되고 울긋불긋한 근육이 팽창되었다.

「프로스트 데몬이 필멸자의 시체를 씹어 먹었습니다.

피와 살점을 집어삼킬수록 악마의 피는 더욱 진해집니다.」

프로스트 데몬은 맨손으로 바닥을 내려쳤다.

콰앙-!

쩌저적-!

바닥의 일부가 갈라졌다. 피와 살점을 섭취할수록 프로스트 데몬의 완력이 강대해지는 것이다.

다들 안색이 새파래진 찰나였다.

적갈색 머리칼의 여인이 선두로 치고 나왔다.

"파이어 스트라이크!"

불꽃을 휘감은 샤네트의 대낫이 프로스트 데몬의 가슴을 정통으로 찍었다. 이그누스 워리어인 그녀의 화염은 클랜원들의 무기에 휩싸인 불꽃과 비교조차 불허했다.

서리의 악마는 고통스러운 표정을 지으며 억센 팔을 휘둘렀다.

악마의 공격을 재빨리 피하곤 샤네트가 소리쳤다.

"샐리!"

"화염의 진노!"

정령의 양팔에서 세찬 불꽃이 쏘아졌다.

그러나 넘치는 화염은 샤네트의 몸에 적중하고 말았다.

프로스트 데몬은 비소를 머금었다.

"멍청하긴! 제대로 조준조차 못 하고 아군을 맞혔군!"

"어머, 과연 그럴까요?"

샤네트가 불길에 휩싸인 몸으로 찬웃음을 지었다.

샤네트가 프로스트 데몬과 맞서는 동안, 강윤수는 마나골렘을 사냥하기 위해 저편으로 향했다.

그녀가 불안하긴 했으나 강대한 두 몬스터를 동시에 공략하기 위해선 어쩔 수 없는 선택이었다.

'빠르게 사냥을 끝내고 샤네트 쪽에 합류한다.'

"나, 움직인다."

600마리 이상의 언데드가 봉쇄하고 있음에도 마나골렘은 당장에라도 일어날 듯 몸을 꿈틀거렸다.

강윤수는 오른팔을 내뻗었다.

"사체폭발."

콰가가강−!

커다란 아힌쿨 한 마리가 터져 버렸다. 일반 언데드를 소모한 스킬에 비해 폭발의 세기가 더욱 강렬했다. 체내에 휘발성 기름이 가득한 아힌쿨의 특성 탓이었다.

"나, 괴롭다."

마나골렘이 폭발에 휘말려 약간의 파편을 흘렸다. 마나석 조각은 희귀한 물질로 연금술 연성이나 인챈트 부여에 유용하게 쓰인다.

강윤수는 마나석 조각을 손아귀로 꽉 쥐었다. 마나석은 섭사리 부서졌고 푸른 기운이 몸에 스며들었다.

'마나석은 마나를 빠르게 채워주지.'

현재 사체폭발의 스킬 레벨은 3레벨.

스킬 한 회당 소모 마력은 120으로 늘어났다.

강윤수의 마나총량은 1,170.

원래라면 사체폭발의 사용 횟수는 10회 미만이다. 그러나 비상한 마력의 팔찌와 생명억압의 반지, 그리고 마나석을 사용한 덕분에 마나 회복량은 무서울 정도로 빨랐다.

강윤수는 거리낌 없이 스킬을 펼쳤다.

"사체폭발. 사체폭발. 사체폭발. 사체폭발……."

콰가가가가가강-!

유적이 흔들릴 정도로 강렬한 폭발이 마나골렘의 몸을 덮쳤다. 마나골렘의 몸이 일부 부서지며 가슴이 커다랗게 파였다. 커다랗고 파란 신체 기관이 드러났다.

골렘의 마나심장.

자의지로 거동하는 골렘의 생명점이라 할 수 있는 부위였다.

"나, 몸이 가볍다."

마나골렘의 움직임이 일순간 빨라지기 시작했다. 거추장스러운 마나석 조각을 떼어버려 약점을 노출한 대신, 민첩성이 증가한 것이다.

강윤수는 사체폭발을 멈추고 명령을 내렸다.

"모두 마나골렘의 심장을 노려라."

언데드 아힌쿨들이 마나골렘의 팔다리를 타고 핵을 물어뜯기 시작했다.

"젠장! 어디 한번 죽어보자!"

헨릭은 궁병 인형과 도적 인형을 꺼내 화살과 비수를 무더기로 쏘아댔다. 마나골렘은 괴로워하며 난폭하게 난동을 부렸다.

"나, 화났다."

콰강-! 쾅-! 콰가강-!

바닥이 울릴 정도로 매서운 골렘의 주먹 연타. 한 번 팔을 휩쓸 때마다 언데드가 수십 마리씩 생명력을 잃고 쓰러졌다.

그때 강윤수가 다가가 아이리스를 뒤에서 덥석 껴안았다. 그러자 아이리스는 흥미로운 눈동자로 그를 돌아보았다.

"이런 행위는 연인들끼리 한다고 들었단다. 강윤수는 날 사랑하느냐?"

"아니."

강윤수는 무심한 얼굴로 아이리스를 번쩍 안아 들었다. 이름을 부르자 화이트가 달려와 그를 등에 태웠다. 화이트는 매서운 속도로 난동하는 마나골렘을 향해 질주했다.

강윤수는 아이리스를 껴안은 채 낮은 목소리로 속삭였다.

"좋은 식사가 되길 바라지."

"그게 무슨 소리니?"

아이리스가 순진한 표정을 묻는 순간, 마나골렘의 주먹이 방금까지 있던 자리를 내려쳤다.

콰강—!

굉음과 함께 얼음 알갱이가 사방으로 튀었다. 강윤수는 화이트의 등 위에서 일어나 여인을 힘껏 내던졌다. 허공을 가로질러 난폭한 마나골렘에게 날아가는 동안, 아이리스는 진지하게 생각했다.

'하늘을 나는 것은 무척 기분이 좋구나.'

콰당—!

강윤수가 어찌나 절묘하게 던졌는지 아이리스는 정확히 마나골렘의 움푹 파인 가슴 부위에 안착했다.

아이리스는 푸르게 빛나는 골렘의 심장을 바라봤다.

"네 심장을 먹어도 되겠느냐?"

"절대, 안 된다!"

마나골렘이 크게 외치며 거대한 팔로 움푹 파인 가슴을 퍽 퍽 후려쳤다. 그러나 아이리스는 몸을 숙여 피해로부터 벗어났다.

그녀가 고민이 역력한 어조로 말했다.

"강윤수, 이 아이는 자신의 심장이 먹히길 원하지 않는다는구나."

"나쁜 아이의 말은 듣지 마."

"그렇구나."

부모에게 순종하는 어린아이처럼 아이리스는 마나골렘의 심장을 크게 베어 물었다. 마나골렘은 난동을 부렸으나 커다란 팔로는 도저히 안에 있는 아이리스를 꺼낼 수 없었다.

도플갱어의 이능인 포식으로 심장을 먹어 치우는 데는 오랜 시간이 걸리지 않았다.

"나, 사명을 다했노라!"

콰앙─!

심장이 사라진 마나골렘의 몸이 일순간 폭발했다.

「마나골렘(보스, 레벨 224)을 쓰러뜨렸습니다.

레벨이 7 올랐습니다.」

커다란 바윗덩어리가 잔해가 되어 주변으로 분산되었다. 아이리스 역시 힘에 떠밀려 위험천만하게 추락했다. 그러나 다행히도 그 자리에 있던 헨릭이 달려가 가까스로 그녀를 받았다.

"으억! 넌 괴상한 걸 많이 먹어서 그러냐? 왜 이렇게 무거워!"

"어째선지 방금 그 말은 무척 기분이 좋지 않구나. 너의 심장을 먹어도 되겠느냐, 헨릭?"

"죽고 싶냐?"

둘이 티격태격하는 사이, 강윤수는 재빠르게 프로스트 데몬이 있는 쪽으로 향했다.

그는 평소와 달리 다급히 발걸음을 옮겼다.

'생각보다 늦어졌군.'

프로스트 데몬은 오래 상대할 만한 몬스터가 못 된다.

적어도 지금의 상황에선 그렇다. 다른 클랜원들이 합세한다고 해도, 샤네트가 오래 버틴다는 보장은 없었다.

프로스트 데몬은 숨을 깊게 들이마시더니 벽이 울릴 정도로 크게 외쳤다.

"절대영도!"

프로스트 데몬 주위로 푸른 마력이 뻗어 나갔다. 대기가 모조리 얼어붙는 듯이 극저온의 폭발이 일어났다. 각자의 무기를 휘감고 있던 정령의 불꽃이 사그라졌다.

후열에서 불꽃을 다루던 샐리가 안색이 창백해지더니 몸을 심하게 떨었다.

"너, 너무 추워……! 모, 몸이 아파……! 아, 아빠……! 어, 엄마……!"

샐리의 몸이 일순간 희미해지더니 결국 사라졌다.

소환계로 강제송환.

마법에 의해 극한까지 떨어진 대기가 불꽃의 정령에게 악영향을 끼친 것이다.

"모, 몸이!"

"발밑이 얼어붙었어!"

클랜원들도 발밑이나 다리가 빙결되어 꼼짝할 수 없게 되었다. 물론 샤네트를 감싼 불꽃도 사그라진 지 오래였다.

"까악!"

강윤수의 눈동자에 험악한 광경이 들어왔다. 프로스트 데몬이 샤네트의 머리채를 붙잡고 서 있었다. 샤네트가 창백한 얼굴로 반항했으나 그녀의 힘으론 악마를 제압할 수 없었다.

"나의 피와 살점이 되어라."

프로스트 데몬의 손톱이 샤네트의 배를 찢으려던 순간이었다. 프로스트 데몬의 머리 뒤로 강력한 뇌전이 내리쳤다.

파지직—!

강력한 전류는 악마의 뒤통수를 저릿하게 만들 뿐, 큰 피해는 주지 못했다. 프로스트 데몬은 분노로 얼굴을 일그러뜨리더니 샤네트를 던져 버리고 뒤를 돌아보았다.

강윤수의 손에 묻은 마나석 조각을 보더니 프로스트 데몬은 두 눈을 부라렸다.

"그건…… 마나골렘의 잔해!"

"내가 죽였다."

강윤수는 쓰러진 샤네트에게 천천히 다가가 샤네트의 피로 젖은 복부를 바라봤다.

다행히도 상처가 깊진 않았다. 그는 샤네트의 상의를 들추어 자신 몫의 치유포션을 발라주었다.

"가, 강윤수 님……?"

"괜찮아."

강윤수는 프로스트 데몬을 향해 몸을 돌리며 검을 뽑았다. 그가 차가운 목소리로 말했다.

"너는 내게 죽는다."

"우습군!"

프로스트 데몬은 비웃음을 흘리곤 거칠게 돌진해 왔다.

강윤수는 몸을 낮춰 악마의 공격을 피하고 검을 가슴에 박아 넣었다.

"심연의 검술."

정확히 약점만을 노린 검격이 빠르게 퍼부어졌다. 동시에 강윤수는 번개폭풍지팡이를 바닥에 휘저었다.

"뇌전방출."

파지지직-!

세찬 전류가 주변을 휘감으며 클랜원들을 감싼 얼음을 깨부쉈다. 두르만이 전격 탓에 알싸해진 손등을 매만지며 곡소리를 냈다.

"아이고. 따갑습니다요!"

"모두 프로스트 데몬을 노려라!"

클랜원들의 맹공이 시작되었다.

성수를 새롭게 무기에 적셨고 전열을 맞춰 프로스트 데몬에 대항했다. 헨릭, 아이리스와 언데드들도 합류해 프로스트 데몬 레이드에 참여했다.

"실 묶기!"

헨릭의 실이 프로스트 데몬의 몸을 칭칭 묶었다.

"가소롭다!"

그러나 프로스트 데몬이 힘을 주자 도리어 헨릭이 끌려가기 시작했다. 헨릭이 당황한 표정을 지었을 때 아이리스가 그의 어깨를 꽉 붙잡고 힘차게 끌어당기기 시작했다.

"어, 어엇!"

프로스트 데몬의 괴력에도 아이리스는 전혀 밀리지 않은 채 힘겨루기를 이어갔다.

그녀는 오히려 강윤수를 향해 싱긋 웃었다.

"골렘의 심장은 맛이 좋더구나."

도플갱어가 가진 포식의 이능.

골렘의 무지막지한 힘을 일부 흡수한 것이다.

"어어억! 이 망할 놈아! 내 팔 끊어지겠다!"

중간에 낀 헨릭은 죽을상을 지으며 소리쳤다.

강윤수는 몸을 속박당한 프로스트 데몬에게 질주해 지팡이를 내뻗었다.

"뇌전방출."

강력한 뇌전이 프로스트 데몬의 가슴에 명중했다. 프로스트 데몬은 고통스러운 표정을 짓더니 몸을 거칠게 휘저었다.

"네놈, 네놈만 없다면!"

악마의 이빨이 재빠르게 다가와 강윤수의 왼팔을 깨물려했다. 강윤수는 재빨리 팔을 거두었으나 번개폭풍지팡이의 끝이 프로스트 데몬의 입에 물리고 말았다.

예상치 못한 위기.

그러나 강윤수는 침착히 스킬을 펼쳤다.

"뇌전방출."

낙뢰는 악마의 입속으로 뻗어가며 강한 충격을 주었다. 그러나 최후의 스킬을 내뿜은 지팡이는 프로스트 데몬의 이빨에 씹혀 산산조각이 났다.

콰그작―!

"죽어라!"

냉기가 실린 이빨이 강윤수의 손등을 물어뜯었다. 살점이 뜯겨 나가며 핏물이 흘러나왔다. 그러나 강윤수는 아랑곳하지 않고 배낭에서 재빠르게 피의 학살검을 꺼내 들었다.

쌍검을 쥔 그가 돌격해 프로스트 데몬과 정면으로 맞섰다. 양손으로 교차된 검이 십자가 검에 꿰뚫린 프로스트 데몬의 가슴을 내찢었다.

"끄아악―!"

프로스트 데몬의 가슴이 크게 찢어지며 그 자리에서 숨을 거두었다.

모두가 환호성을 내질렀다.

"마침내 우리가 이겼다!"

"악마 사냥에 성공한 사람들은 우리가 최초일 거야!"

모두가 안심한 그 순간이었다.

차갑게 식은 악마의 시체가 돌연 꿈틀대기 시작했다. 시신의 끄트머리로부터 새까맣고 타락한 영혼이 흘러나오기 시작했다. 오만한 웃음이 담긴 목소리가 들려왔다.

[쯧쯧. 나와의 싸움이 그리 쉽게 끝날 줄 알았나? 그리 기대했다면 미안하기 짝이 없군.]

영혼의 주위로부터 이제까지와는 비교도 되지 않을 한기가 흘러나왔다.

[진짜 전투는 지금부터다.]

그 말은 모두를 긴장케 했다.

사악한 악마는 그 숨을 거두고서도 영혼이 되어 생명을 탐해 왔다.

모두가 절망적인 표정을 지었다. 유령계 몬스터는 일반적인 무기로 결코 죽일 수 없다. 신성력이나 흑마법을 이용한다면 모르겠지만, 성수조차 모두 떨어진 지금 클랜원들이 프로스트 데몬의 영혼을 상대할 방법은 전무했다.

악마의 영혼이 장대한 전투의 서막을 알리듯 큰 소리로 외쳤다.

[이것이 진정한 불사! 나는 죽어서도 싸움을 이어나갈 것이다. 판데모니엄의 위대한 유물은 영원히 내가 간직할 것이다!]

강윤수가 앞으로 나선 것은 그때였다.

그는 낮은 목소리로 말했다.

"이제 난 너와 싸우지 않겠다."

[하! 이제야 얌전히 내게 그 육신을 바칠 생각이 든 건가?]

강윤수는 고개를 가로저었다.

"아니."

그는 담담히 생명억압의 반지를 낀 오른손을 내밀었다.

"영혼채집."

[끄아아아아아악-!]
악마의 영혼이 순식간에 반지 속으로 빨려 들어왔다.

「프로스트 데몬(보스, 레벨 261)을 쓰러뜨렸습니다.
레벨이 27 올랐습니다.」

클랜원 모두가 어이없는 눈길로 그를 바라봤다.
그 누구보다 해괴한 방법으로 전투를 끝내 버린 남자는 무
표정한 얼굴로 그 시선을 받아쳤다.
"뭘 봐."

3장
얼음의 정령

처참히 부서진 마나골렘.

그리고 가슴이 찢긴 채 사망한 프로스트 데몬. 강윤수를 필두로 클랜원들이 이뤄낸 레이드의 결과물이었다.

"마나골렘의 시신은 그쪽 클랜이 가져."

"예? 정말 그래도 되겠습니까?"

쟝인위가 눈을 휘둥그레 떴다.

마나골렘을 이룬 것은 마나석.

빠르게 마나를 채우는 것 외에도 쓸모가 많아 고가에 거래되는 마법석이다.

'이차피 전금을 버는 방법은 수천 가지도 넘게 알고 있다. 지금은 돈보다 진귀한 아이템을 차지하는 것이 중요해.'

강윤수는 고개를 끄덕였다.

"대신 프로스트 데몬의 시체는 내가 갖지."

"알겠습니다. 악마의 시신은 가져 봤자 저희는 용도를 알수 없으니까요."

혈무 클랜의 사람들은 부서진 마나골렘의 주위로 모여들었다. 그들은 칼을 곡괭이처럼 사용해 열심히 마나석을 캐기 시작했다.

그 광경을 바라보며 쟝인위는 신중히 말했다.

"지금 상태로 유적 보스를 공략하는 건 무리가 아닐까 싶습니다."

그도 나름대로 진지하게 고심했음이 여실히 드러나는 목소리였다.

"성수가 떨어진 건 물론이고, 동상치료액과 치유포션까지동이 났습니다. 저희 클랜원도 몇몇 사망했고요. 그들 역시 각오를 한 일이겠지요. 하지만 전투 이후로 모두가 지쳐 있습니다. 이대로 유적 보스와 맞서는 것은 아무래도 만용인 것 같군요. 죄송하지만, 저희 클랜은 이대로 레이드를 끝낼 생각입니다."

"어."

강윤수는 짤막히 대답했다.

쟝인위가 약간 얼떨떨한 표정을 지었다.

"십중팔구 소심하다거나 대장 자격이 없다고 욕을 먹을 거라 생각했습니다만…… 의외로 선선히 대답해 주시는군요?"

"준비 없는 사냥은 사망자를 낳을 뿐이니까."

"이해해 주셔서 감사합니다."

쟝인위가 밝은 표정으로 말했다.

"저희는 먼저 가보겠습니다. 시신도 수습해야 하니까요. 유적의 문은 개방한 상태로 둘 테니, 뒤이어 나오시기 바랍니다."

"오른팔은 나중에 찾아가서 만들어주지."

마나석과 시체를 수습한 혈무 클랜은 먼저 유적 밖으로 나섰다.

강윤수는 샤네트에게 다가갔다.

언뜻 무심한 어투로 그가 물었다.

"상처는 어때?"

"네, 다행히 조금 베였을 뿐이에요."

샤네트가 창백한 얼굴로 고개를 끄덕였다. 심심풀이로 얼음덩이를 주워 조각도를 휘두르던 헨릭이 한마디 덧붙였다.

"악마에게 붙잡힌 것치고 저 정도면 싸게 끝났지. 내장이라도 안 흘린 게 천만다행이다."

헨릭의 곁에 있던 아이리스가 호기심 가득한 눈을 떠 보였다.

"내장? ㄱ것도 먹을 수 있느냐?"

"……넌 진짜 먹는 것밖에 모르냐?"

강윤수는 허리춤에서 자신 몫의 치유포션을 꺼내 쥐었다.

"상의 걷어."

"네?"

"포션을 발라줄게."

"아, 아니에요. 저 혼자 바를 수 있어요."

"저번에는 네가 날 발라줬잖아."

샤네트는 망설이다가 그에게 몸을 맡겼다. 그녀의 상처에 포션을 발라주며 강윤수는 깊은 생각에 잠겼다.

'이제는 샤네트가 죽으면 돌이킬 수 없어.'

샤네트가 아닌, 그 누구라도 마찬가지였다.

누군가 죽는다면, 그것으로 끝이다.

다음 삶으로 넘어가 죽음을 막을 수 없다. 그리고 그것은 강윤수 역시 마찬가지였다.

'위험을 감행하되 신중해야 한다.'

그는 지난 삶에서 겪어본 정말 위험한 장소는 들르길 꺼려했다. 멸망룡의 둥지나 거신들의 마탑 같은 경우가 그렇다. 하지만 마지막 삶이라면 크나큰 보상을 위해 반드시 그곳들을 들러야만 했다.

'최소 십 년 동안 대륙의 위험 지역은 모조리 돌아다니게 되겠군.'

강윤수가 그런 위험한 생각(?)에 잠겼을 때였다.

아이리스가 두 남녀의 행동을 보더니 고개를 갸웃거렸다.

"저것 역시 연인들이 하는 행위라고 알고 있단다. 강윤수는 샤네트를 사랑하느냐?"

"어."

"……."

모두가 할 말을 잃은 사이, 강윤수는 담담히 일어났다.

그는 프로스트 데몬의 시체로 다가갔다.

가슴에 깊숙이 박힌 십자가 검의 칼자루를 잡아당기자 쑤욱 뽑아져 나왔다.

'십자가 검을 미리 박아 두지 않았다면, 프로스트 데몬과는 전투조차 벌일 수 없었겠지.'

악마라는 종족 자체는 그 정도로 강인하다. 그 증거로 십자가 검은 원래의 찬란한 빛을 잃은 채 칼날이 무뎌져 있었다. 악마의 힘을 격렬히 봉인한 뒤, 제 신성력을 잃은 것이다.

'일회성으로 소모하긴 아까운 아이템이었지만, 어쩔 수 없군. 제몫은 했으니까.'

강윤수는 십자가 검을 내던지고 악마의 가슴을 갈라냈다.

아쉽게도 심장은 신성력에 의해 소멸한 상태였다.

'아이리스에게 먹였다면, 괜찮은 냉기 마법을 쓸 수 있게 되었을 텐데.'

가죽을 벗겨내자 악마의 근육 사이로 파묻힌 아이템을 발견할 수 있었다.

「프로스트 데몬의 가죽」

이 세상 어떤 동물의 것보다 질긴 가죽. 하급 악마의 것이기에 별다른 마력이 담겨 있지 않다. 최상급 재단재료다.

「프로스트 데몬의 겨울조각」

차가운 타락의 힘이 담긴 보석 조각. 어디에 쓰이는지 용도를 알 수 없다.

악마의 가죽은 최상급 재단재료이다.

기존 방어력뿐만 아니라 마법저항력이 뛰어나 방어구를 제작하면 뛰어난 성능을 지니게 된다.

강윤수는 배낭에 아이템을 모두 챙겨 넣었다.

그는 일행을 돌아보며 말했다.

"가자."

"……"

모두가 자신을 말없이 빤히 바라보고 있었다.

예외적으로 샤네트는 얼굴을 잔뜩 붉힌 채 자신을 흘깃흘깃 훔쳐보았다.

그러자 강윤수가 의문을 담은 목소리로 물었다.

"왜 그래."

"새삼스럽게 느끼지만, 너처럼 희한한 놈은 대륙 어디를 찾아봐도 쉽게 만날 수 없을 거다."

헨릭이 한숨을 쉬며 일어났다.

그들은 숨겨진 방을 나섰다.

그때 맨 앞의 강윤수가 원래 들어왔던 곳과 다른 방향으로 걸어갔다.

"야, 그쪽은 나가는 길이 아니라 지하로 내려가는 쪽인데?"

"알아."

강윤수는 당연하다는 듯이 말했다.

"이대로 유적 심장부로 갈 거야."

유적의 심층으로 내려오자 다른 몬스터들은 보이지 않았다. 그러나 뼛속 깊은 한기는 왠지 모를 불안감을 자아냈다.

'윈터킬 유적 보스도 사냥하고 싶지만, 지금으로선 무리다.'

윈터킬 유적의 보스 몬스터는 신장 8미터의 얼음 거인.

강인한 지구력과 맷집을 가진 거인을 지금 상대하기에는 쟝인위의 말대로 무리가 있었다.

곧 유적의 심장부로 추정되는 커다란 대문이 보였다. 그 앞에는 창백한 피부의 거인이 걸터앉아 있었다.

거인의 눈에 걸리지 않게 조심하며 샤네트가 물었다.

"이대로 저 보스 몬스터를 상대하실 생각이신가요?"

"아니."

강윤수는 고개를 가로저었다.

"그냥 지나칠 거야."

레키먼드의 기록에도 쓰여 있지 않았는가. 모닥불 빛을 이용해 얼음의 거인을 지나쳐 유적 심장부로 향했다고.

그만큼 얼음의 거인은 고온에 취약했다.

"샐러맨더 샐리 소환."

절대영도로 소환계로 돌아갔던 샐리가 소환됐다.

샐리는 훌쩍이더니 강윤수에게 안겼다.

"아빠……! 훌쩍! 나 너무 춥고 무서웠어!"

"알아."

그러자 샐리가 울먹이며 투정을 부렸다.

"히이잉. 샐리는 이제 쉬고 싶어. 아까 너무 추웠단 말이야."

"지금 동생 만들어줄게."

"정말?"

강윤수의 말에 샐리가 두 눈을 초롱초롱하게 반짝였다.

그는 고개를 끄덕였다.

"어."

"만세! 샐리는 아빠를 사랑해!"

샐리는 싱글벙글 웃으며 강윤수에게 안겼다. 그러자 아이리스가 모르겠다는 표정을 지었다.

"샐리도 강윤수를 사랑하느냐?"

"응! 샐리는 아빠가 좋아!"

"흐음. 사랑이란 건 신비롭구나."

무슨 생각을 하는지 아이리스는 골똘히 뭔가를 고민했다.

샐리는 양팔을 번쩍 들어 불을 내뿜었다.

그러자 얼음의 거인이 천천히 몸을 일으켰다.

"침입자는 죽이겠다."

얼음의 거인은 샐리가 조종하는 불꽃을 쫓아갔다.

그사이 강윤수 일행은 대문을 열고 유적 심장부로 진입했다.

유적의 심장부에는 얼음으로 이뤄진 육각 수정이 보였다. 윈터킬 유적의 냉기는 저 육각 수정으로부터 흘러나오고 있었다.

"추, 추워!"

추위가 더욱 심해지자 샐리가 몸을 덜덜 떨었다.

방금과 비슷한 제단이 보였다. 제단의 꼭대기에 차가운 빛깔의 왕관이 보였다.

강윤수는 윈터킬 유적의 보물을 손에 넣었다.

「서릿발 왕관」

등급-희귀

냉기마력증진-52

서리에 엉겨 붙은 영혼으로 이뤄진 왕관. 생전 추운 지방의

왕이 썼던 것으로 추정된다. 오만한 정령이 좋아하는 물건
이다.

「윈터킬 유적이 정복되었습니다.

정복자-강윤수

1순위 업적-샤네트 엘로그란

2순위 업적-헨릭 엘리커슨」

「윈터킬 유적의 정복자가 되었습니다.

유적의 마력이 몸에 깃듭니다.

감기를 비롯한 냉증에 잘 걸리지 않게 됩니다.

동상에 대한 면역이 증가합니다.

'혹한기 모험가' 칭호를 획득했습니다.

현재 정복한 유적 수: 2」

「유적의 보스 몬스터가 생존해 있습니다.

유적의 심장부에서 빨리 벗어나지 않으면, 얼음의 거인은 돌아올
것입니다.」

 윈터킬 유적을 정복한 순간, 단말기에서 커다란 진동이 울
렸다.

「【전설 의뢰-망자의 성】를 완수했습니다.

7,287마리의 언데드가 해방되었습니다.

밤마다 대륙을 행군하는 언데드 무리는 무수한 이야깃거리를 남기게 될 것입니다.

가장 강대한 용을 언데드로 되살리는 것이 이들의 새로운 목적입니다.

나크론의 조합서를 습득했습니다.」

「【전설 의뢰-사막의 대신전】이 시작되었습니다.」

강윤수는 배낭에서 흑색 수정을 꺼냈다.

데스 제네럴 칼리번이 연락 용도로 주었던 물건이었다.

─군주시여, 들리십니까?

수정으로부터 칼리번의 목소리가 들려왔다.

"어."

─기뻐해 주십시오. 드디어 망자의 성에 걸려 있던 봉인이 풀렸습니다!」

"그래."

─우리는 나크론께서 만들고자 했던 최악의 언데드 네버데드 드래곤을 찾기 위한 여정을 나설 것입니다. 대륙의 가장 음험한 곳을 탐사해야겠지요. 하지만 군주께서 저희의 도움이 필요하다면, 언제든 힘이 되어드리겠습니다.

"알았다."

─특히 나크론 님의 조합서를 소중히 간직하십시오. 네크로

맨서에겐 더없이 훌륭한 물건입니다.」

강윤수는 제단을 내려왔다.

그러나 곧바로 출구로 향하진 않았다.

그는 한기를 내뿜고 있는 얼음덩이를 바라봤다.

"어랍쇼? 이거 이제 보니 만년빙이잖아?"

헨릭이 반색하며 말했다.

샤네트가 궁금한 표정을 지었다.

"만년빙이 뭔가요?"

"사계절 내내 한기만 내뿜는 얼음덩이. 제법 희귀한 소재라 세공 재료로도 꽤 값이 비싸. 크기가 좀 작긴 하지만 상태도 괜찮아 보이는데, 조금 가져갈까?"

헨릭이 조각도를 들고 나설 때였다.

강윤수가 그의 앞을 가로막았다.

"안 돼."

"왜 그러냐?"

"정령을 만들 재료니까."

얼음의 정령 아이시클.

만년빙 수정은 정령을 창조할 수 있는 재료였다.

'만년빙을 더욱 차갑게 만들어야 한다.'

강윤수는 품에서 수통을 꺼내 만년빙 주위로 흩뿌렸다. 유적의 추위와 맞물려 만년빙이 더욱 차갑게 얼어붙었다.

"해줘야 할 일이 있어."

마나골렘의 괴력을 흡수한 아이리스가 커다란 얼음 조각을 박살 내 가져왔다. 얼음 조각을 샤네트가 대낫으로 잘게 쪼개고 헨릭이 조각도로 갈아냈다. 얼음 알갱이를 만년빙 주위로 뿌리자 입술이 절로 떨릴 만큼 추워졌다.

"어, 엄마! 샐리 너무 추워!"

"내가 안아줄게."

샤네트가 샐리를 꼭 끌어안았다.

강윤수는 생명억압의 반지를 낀 오른손을 내밀었다.

"정령창조."

만년빙이 찬란한 빛으로 물들었다.

태아가 생겨나듯 조그만 생명의 빛이 아른거렸다.

「얼음의 정령 아이시클의 성별을 정해주십시오. 남성 아이시클은 냉기재해의 힘을 지녔으나 차갑고 오만합니다. 반면 여성 아이시클은 쌀쌀맞고 정이 없는 반면, 냉기마법에 뛰어난 역량을 갖추었습니다.」

강제적으로 성별이 여자로 정해졌던 샐리와 달리 성별을 고를 수 있는 기회가 주어졌다.

강윤수는 별로 고민하지 않았다.

"남성."

만년빙 수정에서 찬란한 빛이 요동쳤다.

「만년빙 수정이 약간 작습니다. 정령의 나이가 조금 어려집니다. 카리스마 -31」
「발전된 추위가 정령의 영혼을 강하게 합니다. 마력 +17」
「창조자의 건조한 성격과 정령의 차가움이 조화를 이룹니다. 냉기 +2」
「정령은 종류마다 하나씩만 창조할 수 있습니다. 아이시클 창조 기회가 소멸됩니다.」

만년빙에 차가운 냉기가 어렸다.
눈부신 빛이 주위를 감쌌다.
얼음의 정령이 탄생하는 순간이었다.

갓 태어난 얼음의 정령은 말끔한 외모의 소년이었다.
깔끔히 뒤로 넘긴 백발과 서리가 붙어 있는 복장은 잘생긴 얼굴과 어울렸다.
어림잡아 열다섯 살 정도 되어 보이는 외견이었다.
"나는 위대한 정령이다."
아이시클이 첫마디를 떼었다.

「얼음의 정령 아이시클을 창조했습니다.

소환계에서 필요할 때 불러낼 수 있습니다.

더운 곳에서 불러내면 무조건 화를 냅니다.

아이시클은 얼음으로 이뤄진 특수한 조형물을 만들어낼 수 있습니다.」

정령창조를 처음 보는 헨릭과 아이리스는 신기한 눈길로 정령을 바라봤다.

"허어. 이게 얼음의 정령이란 말이냐?"

"그 조잡한 입술로 날 부르지 마라. 멍청한 인간."

"뭐, 인마?"

헨릭이 눈살을 찌푸렸다.

아이시클은 어쩌라는 표정을 지었다.

"두 번 말해야 하나?"

"이 녀석, 그냥 싸가지가 없는 것 아니냐?"

헨릭이 헛웃음을 짓더니 강윤수를 바라봤다.

그때 샤네트에게 안겨 있던 샐리가 폴짝폴짝 뛰어왔다.

샐리는 활짝 웃으며 아이시클을 올려다보았다.

"안녕! 만나서 반가워. 동생아! 나는 샐리. 내가 네 누나야!"

아이시클은 샐리를 보더니 얼굴을 확 구겼다.

"너처럼 약하고 조그만 것이 내 누이라고?"

외견으로만 보자면 샐리가 훨씬 어려 보이는 것이 사실이었다.

샐리가 조그만 주먹을 쥐더니 볼을 부풀렸다.

"샐리는 안 약해! 조그맣지도 않아!"

"어이가 없군. 나는 인정 못 해."

아이시클은 매몰차게 말했다.

"뭐, 뭐어?"

"애당초 나보다 약한 걸 왜 누이라 불러야 하지?"

샐리의 눈동자에 눈물이 그렁그렁해졌다.

"샐리가…… 샐리가 누나인데……! 너는…… 내 동생이고……! 샐리는…… 샐리는 동생이랑 재밌게 놀고 싶었는데……!"

"흥. 나보다 약한 정령에게 고개를 숙일 이유는 어디에도 없다."

"으아앙! 나빴어!"

울음을 터뜨린 샐리는 결국 소환계로 돌아가고 말았다.

아랑곳하지 않고 아이시클은 강윤수를 바라봤다.

"당신이 날 창조했군."

"어."

"그런데 왜 이렇게 약해 보여? 도저히 날 창조한 사람이라곤 믿을 수 없어."

"너보단 강해."

"흥! 말도 안 돼."

아이시클이 코웃음을 친 순간이었다.

강윤수가 허리춤의 쌍검을 뽑아 드는 동시에 정령의 목덜미에 두 칼날을 교차해 갖다 댔다.

정령일지라도 칼에 베이는 것은 마찬가지였다.

정령은 흠칫 놀란 표정을 짓더니 말을 더듬었다.

"……기, 기본기는 하는군."

"너는 내가 창조한 정령이다. 그러니 지금 이름을 지어주지."

"아, 알았으니까 목에 붙은 검 좀 치워줘!"

강윤수가 검을 거두었다.

아이시클은 다시 거만하게 팔짱을 꼈다.

"내가 만족할 정도로 고귀한 이름이었으면 좋겠군."

"아클."

"아클? 나랑 장난해? 무슨 이름이 그렇게 단순해?"

강윤수는 조용히 손을 칼자루로 가져갔다.

아클은 입꼬리를 억지로 올렸다.

"마음에 들지 않는 이름이지만 어쩔 수 없군."

강윤수는 정령의 이마에 손가락을 가져갔다.

아클은 불쾌한 듯 눈살을 찌푸렸다.

「**아클**」

레벨: 152

종족: 아이시클

나이: 성장기

카리스마: 20

마력: 50

냉기: 62

소유스킬: 서리조형(Lv3), 얼음폭풍(Lv5)

거만하고 차가운 성격을 지닌 정령. 자신보다 약한 상대의 말은 따르지 않는다.

'아클.'

강윤수는 상태창을 보며 과거의 생각에 잠겼다.

아클은 다루기 힘든 성격의 정령이지만, 훗날 반드시 제값을 하는 녀석이다.

하지만……

"아클."

"왜 그래?"

"이번 삶에서는 죽지 마."

아클은 눈앞의 강윤수를 이상한 눈초리로 쳐다보았다.

"무슨 소리야?"

"나를 위해 희생할 필요 없다. 다른 정령을 위해서도 희생할 필요가 없다. 너는 그저 너의 몫만 해내면 돼."

"너는 이상한 인간이군."

아클은 묘한 눈빛을 지었다.

"방금 태어난 나를 언제 본 적이라도 있단 말이야?"

강윤수는 그저 침묵한 채 아클을 바라봤다.

아주 많이 봐왔지.

네가 자멸해 죽는 걸 말이야.

"아클, 소환계로 가."

"흥."

아클은 콧방귀를 뀌면서도 소환계로 갔다.

강윤수는 괜스레 미묘한 기분을 떨쳐 버리려 애를 써야만
했다.

어두운 지하 속 어딘가.

유일한 불빛은 탁자 위 흔들리는 램프.

무언가를 갉아먹는 소리가 났다.

아그작.

해질녘 한 잔의 상단주 레프만은 탁자 위로 주먹을 내려
쳤다.

"그래서, 그놈이 너희 클랜 일원이 아니었다고?"

"우리 클랜이 미쳤다고 돈줄을 끊어버리겠어. 거기다, 문신

만 보여줬을 뿐 다른 증거도 없었다며? 땅 밑에 폭약 묻어놨다던 것도 거짓말이었고. 우리가 뭐하러 그런 손해를 감수하겠냐고. 그거, 사칭이야, 사칭."

"하지만 그놈은 너희 클랜의 구조를 손바닥 훑듯 파악하고 있었단 말이다!"

"그만큼 그놈이 당신을 잘 속였다는 뜻 아니겠어?"

사내는 얼굴을 어둠 속에 파묻고 있었다.

유일하게 보이는 것은 탁자 위에 올린 그의 기다란 양다리뿐이었다.

아그작.

사내의 태도에 레프만은 더욱 화가 치솟았다.

"지금 사태가 얼마나 심각한지 전혀 모르고 있군!"

"알고 있어. 산전수전 겪으신 상인 나리께서 풋내기에게 된통 사기를 당하더니 애꿎은 나한테 화풀이하러 온 거 아니야?"

어두운 주변에 서 있는 클랜원들이 비웃음을 흘렸다.

덕분에 레프만은 기분이 몇 배는 더 더러워지고 말았다.

"너희들을 사칭하는 놈이 있다! 지금 내가 본 손해는 포션 수백 병과 낡아빠진 마차뿐이지만, 다음에도 이 같은 일이 생기지 않으리란 법이 있나?"

"더 놀리고 싶지만 이만 참지. 해질녘 한 잔과의 신용을 위해 복수해 주면 될 것 아니야."

사내는 오른손을 척 들더니 항복하는 제스처를 취했다.

아그작.

"당신한테 사기 친 놈의 인상착의를 가르쳐 줘."

"단말기를 차고 있었으니 일단은 여행자다. 제법 장신에 체구는 마른 편이고, 새카만 검을 차고 있지. 은색 갈기를 두른 손목보호대와 검은 반지, 그리고 푸른 빛깔의 팔찌를 착용했다. 무엇보다 표정이 전혀 없어."

"무표정하다고? 왜 그딴 게 인상착의에 들어가?"

"정말이다. 그 사기꾼 놈은 나를 상대하면서도 단 한 번도 어떤 표정도 내보이지 않았으니까. 인간이라곤 믿기지 않을 정도로."

레프만은 진저리가 난다는 표정을 지어 보였다.

그러자 사내는 정색하며 말했다.

"흐음. 차라리 유령한테 따먹혔다고 하지그래?"

클랜원들이 한 차례 비웃음을 흘렸다.

아그작.

레프만은 화내는 것도 지친 듯 피곤한 목소리로 말했다.

"어찌 됐든 자네들이 접촉해 줄 필요가 있네. 굳이 내 개인적인 복수심에 익해서만은 아니야. 지금을 방치했다간 나중에 정말 큰일이 될 것 같아서 그래."

"당신이 그렇게까지 말하니 나도 그놈 면상이 궁금하긴 하군. 한 번 만나볼까."

"빠른 시일 내 찾을 수 있겠나?"

"놈이 아직 수도에 있다면, 반나절이면 찾아낼 수 있지."

아그작.

레프만은 지친 표정으로 물었다.

"그건 그렇고, 아까부터 어둠 속에서 대체 뭘 먹고 있는 건가?"

"글쎄, 당신은 내가 뭘 먹고 있는 것 같아?"

"오랫동안 길쭉한 걸 앞니로 갉아먹는 것 같은데…… 당근 이나 오이인가?"

"크흐흣!"

사내는 뭔지 모를 웃음소리를 냈다.

레프만은 그 속에 뒤엉킨 광기에 진저리가 났다.

누구 하나 정상인이 없다.

애초에 마약밀매를 위한 이득만 아니었어도, 흑호 클랜과 접촉하는 일도 없었을 것이다.

아그작. 아그작.

그는 서둘러 자리에서 일어나 손을 내밀었다.

"아무튼 잘 부탁하겠네. 유시도 군."

사내는 흑호 클랜 대장 유시도였다.

유시도의 손이 다가와 레프만의 것을 붙잡고 흔들었다.

순간 레프만은 구역질이 나는 것을 참아야 했다.

악수를 하는 손의 가운뎃손가락이 뜯겨 있었다.

4장
흑호 클랜

모두가 바삐 움직이는 대장간.

그러나 지금은 모두의 시선이 한 곳으로 고정되어 있었다.

강윤수는 인체세공도구의 바늘 끝으로 조심스레 접합 부위를 꿰맸다.

"착용감을 확인해 봐."

쟝인위는 오른손을 쥐었다가 폈다.

오른쪽 어깨를 크게 흔들기도 하고, 바늘로 찔러 신경의 정도를 확인해 보기도 했다.

"놀랍군요. 의수라는 느낌이 전혀 들지 않습니다. 손가락을 마음대로 움직일 수도 있군요. 고통은 거의 못 느끼지만, 오히려 옛날부터 제 팔이었던 것 같은 느낌인걸요?"

"아무렴, 애초에 누가 만든 팔인데."

헨릭이 킬킬대며 웃었다.

장의사에게 부탁해 시신을 공수해 와 적합한 오른팔을 세 공한 것은 다름 아닌 그였다.

쟝인위는 자유로이 움직이는 오른팔을 신기하게 바라봤다.

그런 대장을 보며 두르만이 콧날이 시큰한지 코를 훌쩍 였다.

"아이고. 이 은혜를 어찌 갚아야 할지 모르겠습니다요. 우리 대장님도 이젠 남들처럼 살 수 있습니다요. 병신 소리도 안 듣고 얼마나 좋습니까요?"

"이봐, 두르만. 장애는 부끄러워할 게 아니야."

"에이, 그런 의미로 말씀드린 게 아니지 않습니까요?"

쟝인위는 일어나 강윤수와 헨릭에 허리를 깊게 굽혔다.

"정말 감사합니다. 당신들에게 이 은혜를 어찌 갚아야 할지 모르겠군요. 돈이든, 물품이든 무엇이라도 사례를 하겠습니다."

"지금은 필요 없어."

강윤수는 무심히 거절했다.

"예? 그렇지만……."

"대신 나중에 내가 도움을 요청하면, 그때 도와줘."

"고작 그런 것으로 되겠습니까?"

"어."

쟝인위와 두르만은 몇 번이고 감사의 말을 남겼다.

그대로 두면 무엇이라도 하나 쥐여줄 기세라 강윤수와 헨릭은 재빨리 대장간을 떠났다.

두 남자는 시끌벅적한 거리를 걸었다.

"네가 웬일로 보상을 다 거절하냐?"

"지금보다는 나중을 위하는 게 나으니까."

두 남자는 여관에 들어섰다.

그러자 적갈색 머리칼의 여자가 헐레벌떡 뛰어왔다.

"강윤수 님! 헨릭 아저씨! 큰일이에요!"

"왜 그러냐?"

샤네트는 세상에서 가장 참담한 사실을 털어놓았다.

"아이리스 언니가 비누를 먹고 쓰러졌어요!"

"……."

"오늘부터 비누를 증오해야겠구나."

테이블에 앉은 아이리스가 화난 목소리로 말했다. 이 시간대에 여관은 한적해서 저녁 식사를 위해 테이블에 앉은 것은 그들뿐이었다.

헨릭이 포크를 휘적거리며 비아냥거렸다.

"거참 궁금하네. 대체 어떤 사고방식을 가져야 비누가 맛있어 보이냐?"

"헨릭, 나는 진지하게 화가 났단다. 놀리는 것은 별로 기쁘지 않아."

"호오? 우리 철부지 아가씨가 이젠 화낼 줄도 알아?"

샤네트는 컵에 담긴 물을 홀짝이다가 물었다.

"그래서, 오늘 대장간에서 쟝인위 님의 오른팔은 잘 달아주고 오신 거예요?"

"당연하지. 내가 만든 오른팔인데."

"와아. 대단해요. 인체세공도구를 사용하면 어떤 신체 부위가 손실되어도 다시 복구할 수 있겠네요? 잘만 하면 세상에 있는 모든 병자를 치유할 수도 있지 않을까요?"

"아니, 다시 말하지만 실패하면 부작용이 막대하다. 가령 팔목 접합에 실패하면 영원히 그 자리에 고통만 느끼게 될 수도 있지. 괴악한 경우를 들면 인형이 없을 때 다른 몬스터의 신체 부위를 접합할 수도 있긴 해. 물론 성공 확률이 대단히 낮겠지만."

"인체세공도구는 정말 대단한 유산이군요."

"그런 셈이지. 그보다 항상 묻고 싶었는데, 넌 왜 그렇게 질문이 많냐?"

"치, 호기심 많은 것도 죄인가요?"

"날 귀찮게 구는 건 죄야."

그때 여급이 주문한 음식을 가져왔다.

따스한 김이 피어나는 고기찜과 바삭한 빵, 아삭한 과일은 식감이 훌륭했다.

강윤수는 음식을 가져온 여급에게 말했다.

"술도."

"아, 깜빡했어요."

여급은 친절한 미소를 짓더니 보리 맥주를 들고 왔다.

여급이 도로 주방에 들어가는 것을 확인한 뒤, 강윤수는 술을 마신 뒤 음식을 먹기 시작했다.

강윤수는 메인 디쉬인 송아지 고기찜을 잔뜩 씹어 삼켰다.

헨릭이 의아한 표정을 지었다.

"네가 웬일로 과식이냐? 오늘 그렇게 배고팠어?"

"우리가 먹는 음식에는 강력한 수면제가 들었으니까. 저 여급은 흑호 클랜의 일원이고. 우리를 납치하려는 속셈으로 주방에 암살자들을 숨겨 두고 있어."

모든 일행이 식사를 멈추었다.

특히 샤네트와 헨릭은 먹던 것을 도로 내뱉을 뻔했다.

"가, 강윤수 님! 그게 무슨 말씀이세요?"

"괜찮아. 경험상 죽진 않아."

"수면제가 든 걸 알면, 왜 말을 안 했어!"

"일부러 납치될 거니까."

말이 끝나기가 무섭게 미친 듯한 졸음이 밀려왔다. 혀 뒤로 손가락을 비집어 음식물을 토해낼 새도 없었다.

강윤수는 편안히 양 눈을 감았다. 반면 동료들은 이글이글

타오르는 눈길로 그를 바라봤다.

"제발…… 이런 건 미리 말씀으으을……!"

"이 더럽게…… 재수…… 없는 노오오옴……!"

"졸리구나아……."

모두가 테이블 위에 얼굴을 엎었다.

온 세상이 타오르고 있다.

마황에 의해 멸망한 세상.

강윤수는 익숙한 눈길로 세상을 둘러봤다.

세상이 또 멸망했군.

이제 마황에게 죽고 다음으로 회귀하겠지.

그 무엇보다 당연해진 순리.

그는 높은 절벽 위에 홀연히 서 있었다.

갑작스레 목소리가 들려온 것은 그 순간이었다.

-아이야, 너의 삶은 이번이 마지막이란다.

강윤수는 흠칫 놀라 어깨를 흔들었다.

맞아, 이번이 마지막 삶이야.

왜 나는 그걸 잊고 있었지?

–너는 준비를 해야 한다.

낯익은 목소리였다.

머드젬 서식지와 하타르 산맥에서 들려왔던 속삭임.

이변이 다가올 것이라며 자신에게 경고를 주었던 여인의

목소리다.

–세상을 구해라. 그리고 나를 구해라. 기나긴 여정의 마무리를 지어라.

"너는…… 도대체 누구지?"

대답은 들려오지 않았다.

밝은 빛이 강윤수의 몸을 휘어잡았다.

강윤수는 눈을 떴다.

꿈이었나?

그는 어두운 주변을 둘러봤다.

번뜩이는 쇠창살이 빼곡하게 박힌 공간.

눕혀진 자신의 몸은 쇠사슬로 칭칭 감겨 있었다.

'흑호 클랜 본부 지하 감옥.'

그때 창살 밖에서 걸쭉한 웃음소리가 들려왔다.

그곳에는 커다란 몸집의 문지기가 서 있었다.

"킬킬. 이제야 깨어났나? 고문하고 싶은 것 참느라 혼났다고."

"안톤, 드디어 만났구나."

"응? 뭐라고?"

"나를 잊은 거야? 하기야 외견이 달라졌으니 못 알아볼 법도 하지. 나는 킬톤. 리마힐 빈민촌에서 헤어졌던 네 친형이다."

강윤수는 누운 채로 어조를 부드럽게 바꿨다.

당황한 문지기의 목소리가 들려왔다.

"뭔 소리야! 우리 형은 내가 아홉 살 때 노예로 팔려 갔어."

"나는 사실 살아 있었다. 주인에게서 탈출하기 위해 외모를 바꾸고 가짜 단말기를 달아 여행자 행세를 해왔지."

"말도 안 되는 소리 하지 마! 무슨 수로 그런 게 가능하겠어?"

"우리 친척 중 유일하게 마법사의 피가 흘렀던 갈톤 삼촌. 나는 그분께 내 모습이 변하길 부탁드렸지. 비록 너는 나를 잊었을지라도, 나는 단 한 순간도 너를 잊은 적이 없다, 안톤. 어릴 적 고양이의 내장을 뒤틀고, 계집애의 머리칼을 쥐어뜯어 고문했던 그 따사로운 추억을 말이야."

"서, 설마…… 형? 정말로 형이야?"

강윤수는 고개를 끄덕였다.

문지기는 믿을 수 없다는 듯 울먹이며 머리를 가로저었다.

"그럼 암호를 대봐. 어린 시절, 우리 형제만이 공유했던 그 암호!"

"성녀, 여신, 황녀를 동시에 고문하는 것이 우리 형제의 숙원."

"지, 진짜였구나!"

잠겨 있던 감옥의 문이 덜컥 열렸다.

살집이 비대한 문지기가 눈물을 흘리며 달려왔다.

"형아!"

콰직─!

강윤수는 단박에 일어나 박치기로 문지기의 이마를 찍었다. 문지기는 안구가 뒤집어지더니 뒤로 쓰러져 버렸다.

그는 발을 사용해 문지기의 허리춤에서 열쇠를 찾아 몸에 묶인 사슬을 풀었다.

"네 형은 노예로 팔려가자마자 주인의 딸을 고문했고, 결국 칼 맞아 죽었다."

강윤수는 감옥을 나왔다.

벽걸이에 차원배낭과 장검 두 자루가 걸려 있었다.

자신의 소지품을 챙긴 뒤 강윤수는 느린 발걸음으로 복도를 걸어갔다.

'여긴 C동. 지난 삶에서 흑호 클랜은 아이리스와 나를 같은 동에 감금했다. 샤네트와 헨릭은 A동과 B동에 가두었고.'

가는 길에 아이리스가 갇힌 감옥을 찾아 그녀를 구출해야 할 것이다.

그때 건너편에서 발걸음 소리가 들려왔다.

강윤수는 재빨리 벽 뒤에 숨어 인체세공도구로 손등에 흑호랑이 문신을 그렸다.

그러곤 다급히 걸어가 상대에게 말했다.

"큰일이다. 감옥에 가둬둔 한 놈이 도망쳤어."

"뭐? 망할, 그게 정말이냐?"

사납게 생긴 클랜원이 그를 지나쳐 감옥으로 향했다.

"아니."

강윤수는 곧바로 몸을 돌려 칼등으로 클랜원의 목덜미를 쳤다. 정확히 급소 부위를 가격한 덕분에 클랜원은 헉, 하더니 바로 기절했다.

복도를 걸으며 4명의 클랜원과 조우했고, 모두 그런 식으로 기절시켰다.

아이리스가 갇힌 감옥으로 들어왔을 때였다.

"어머, 강윤수."

쓰러진 9명의 클랜원들 중심에 아이리스가 태연히 서 있었다.

이 시기의 아이리스가 이렇게 강했던가?

강윤수는 약간 놀라 말했다.

"무슨 일이 있었지?"

"깨어나니 이들이 내 치마 속을 보고 싶어 하더구나. 그래서 쇠사슬을 끊고 저항했더니 손쉽게 쓰러졌어."

흑호 클랜원들은 최소 레벨 200이 넘는다.

그런 놈들을 쉽게 쓰러뜨렸다고?

강윤수는 잠시 생각하다가 말했다.

"아직 마나골렘의 특성을 지니고 있어?"

"그렇단다. 모든 것이 아주 가벼워."

"당분간 다른 심장 먹지 마. 그 괴력은 아주 유용할 테니까."

기본적으로 강한 축에 속하는 도플갱어의 완력에, 골렘의 힘까지 더해지니 폭발적인 괴력이 나올 수밖에 없다.

아이리스는 슬픈 표정을 지었다.

"심장을 먹지 말라고? 강윤수는 잔인한 말을 아무렇지도 않게 하는구나."

"다른 건 먹어도 돼."

"흐음. 그럼 대신, 강윤수가 나를 위해 맛있는 음식을 만들어주렴."

"난 요리 안 해."

"정말, 정말 너무하는구나."

"……나중에 샤네트에게 사과파이를 만들어 달라고 하지."

강윤수는 눈물을 글썽이는 아이리스를 간신히 진정시킬 수 있었다.

두 사람은 복도를 걸었다.

흑호 클랜은 범죄자 수용소를 개량해 본부로 사용하고 있다.

지하 감옥은 그만큼 넓고 내부 지리도 복잡했다.

'아이리스의 특성이 괴력으로 정해졌다면, 더 빨리 일을 진행할 수 있겠군.'

강윤수는 눈앞의 출입문을 발로 걷어찼다.

방 내부에 험악해 보이는 클랜원 세 명이 시가를 피우며 카드놀이를 하고 있었다.

"뭐냐, 너희는?"

"알아서 뭐하게."

클랜원 하나가 헛웃음을 짓는 순간, 칼등이 날아와 미간에 찍혔다.

나머지 두 클랜원이 거칠게 무기를 뽑아 들었으나 아이리스의 완력에 제압당하고 말았다.

쓰러진 세 명의 클랜원을 뒤로하고 그는 환풍구를 가리켰다.

"아이리스, 철틀을 뜯어줘."

아이리스는 가볍게 한 손으로 틀을 뜯어냈다. 환풍구 너머의 공간은 성인 한 명이 비집고 들어갈 너비였다.

"저곳을 기어가 샤네트와 헨릭이 있는 감옥으로 몰래 잠입할 생각이구나."

"아니."

강윤수는 환풍구 너머를 향해 소리쳤다.

"여기니까, 빨리 와."

곧 환풍구 너머의 통로에서 쿵쾅거리는 소리가 들려왔다.

기름때가 낀 헨릭이 불편한 표정으로 환풍구에서 기어 나왔다.

"아이고! 허리 아파 죽을 뻔했네."

아이리스가 호기심 가득한 표정을 지었다.

"헨릭이 어째서 그곳에서 나오느냐?"

"보통 주인공들이 감옥에서 탈옥하는 흔한 시나리오를 정석대로 밟았지. 원래 이놈의 환풍구야말로 모든 탈옥범을 위한 지름길 아니겠냐?"

"몸이 쇠사슬로 묶여 있고, 감시원도 있었을 텐데 어찌 탈출했느냐?"

"의수인 왼손 떼어내고 꿈틀거려서 쇠사슬에선 대충 빠져나왔고, 인형을 몰래 조종해 감시원의 뒷목을 내려쳤지. 그런데 너희야말로 어떻게 같이 있냐? 샤네트는?"

"이제 곧 합류할 거야."

강윤수는 오른손을 내뻗었다.

"샐러맨더 샐리 소환."

불의 흐름과 함께 어여쁜 소녀가 나타났다.

어째서인지 샐리는 뺨을 부풀린 채 뾰로통한 표정을 짓고 있었다.

"아빠! 샐리 화났어."

"왜."

"아클은 너무 제멋대로야!"

샐리는 잔뜩 화난 것을 강윤수에게 하소연했다.

"샐리랑 놀아주지도 않고, 항상 무시하기만 해. 항상 샐리를 깔봐. 누나라고도 불러주지 않아. 아클은 정말 나쁜 동생이야! 샐리는 아클이 미워!"

"이것 봐라? 정령끼리도 남매 사이는 원수지간인가 보네."

헨릭이 의외라는 듯 말했다.

강윤수는 샐리를 바라보며 말했다.

"지금은 시간이 없어. 환풍구를 향해 불을 내뿜어줘. 할 수 있는 한 최대로."

샐리는 잔뜩 삐친 표정을 지었다.

하지만 군말 없이 강윤수의 말을 따랐다. 도마뱀으로 모습을 바꾼 샐리는 진득한 화염을 세차게 내뿜었다.

화르륵-!

약한 바람이 넘나드는 환풍구를 타고 거센 불길이 지하 곳곳으로 이어졌다.

곧이어 폭발음이 들려왔다.

콰가강─!

"뭐, 뭐냐. 이 굉음은?"

"이곳에는 고문용으로 쓰이는 가스실이 몇 군데 있지."

"뭐? 그럼 지금 위험한 것 아니야?"

"적어도 몇 분 내로 지하는 화재에 휩싸일 거야."

강윤수는 담담히 복도로 나섰다.

본부의 지하는 연기와 고온에 휩싸여 혼란의 도가니였다.

"가스실이 폭빌했나! 살고 싶으면 당장 올라가!"

클랜원들은 아수라장이 되듯 앞다투어 계단을 올라갔다.

그 순간, 천장을 지탱하던 기둥 하나가 녹아내리더니 세차게 엎어졌다.

콰가강─!

유일한 퇴로가 쓰러진 기둥에 의해 무너져 내렸다. 흑호 클랜원들은 거칠게 욕설을 내뱉었다.

"누가 어떻게든 해봐!"

"이대론 죄다 타죽게 생겼다고! 빌어먹을!"

어쩔 줄 몰라 하는 그들을 뒤로하고 강윤수는 타버린 잔해로 걸어갔다. 화염이 타오르는 방에서 한 여자의 손이 대뜸 솟구쳤다.

"푸하!"

"……너 정말 안 뜨겁냐?"

"뭘 새삼스럽게 그러세요?"

샤네트는 몸에 묻은 잿더미를 탁탁 털고 일어났다.

강윤수는 모두 모인 일행을 보며 말했다.

"모두에게 할 말이 있어."

그가 앞으로의 계획을 설명하는 것은 흔한 일이 아니었다.

다들 진지한 눈빛으로 강윤수를 바라봤다.

"이곳에 일부러 납치되어 온 이유는 흑호 클랜의 대장과 접선하기 위해서야."

"흑호 클랜? 우리가 저번에 해질녘 한 잔 상단한테 사칭했던 놈들 아니야? 어째 흑호랑이 문신을 한 놈들이 널렸더라니."

샤네트의 눈동자가 열의를 띠었다.

"지금 우리가 해야 할 일은 뭐죠?"

"사기 칠 거야."

"……."

이 정도야 이젠 익숙했다.

샤네트는 한숨을 쉬며 말했다.

"그래도 목적은 범죄 클랜 소탕이겠죠?"

"아니, 흑호 클랜이랑 손을 잡을 거야."

"……!"

헨릭의 얼굴이 기괴하게 구겨졌다.

"아니, 이 미친놈아. 지금 이 깽판을 쳐놓고 흑호 클랜이랑 동맹을 맺겠다고?"

"흑호 클랜 대장은 미친놈이라 괜찮아."

"오냐, 너랑 아주 똑같은 놈인가 보구나."

강윤수는 배낭에서 손수건을 꺼냈다.

네 사람은 손수건으로 마스크처럼 얼굴을 가렸다.

그는 인체세공도구를 사용해 각자의 손등에 흑호랑이 문신을 그려주었다.

불길이 거세지는 가운데, 흑호 클랜원들은 아직도 지하를 벗어나지 못하고 있었다.

"이렇게 된 이상, 시체로 길을 만들자고!"

"피로 불을 진압할 순 없나?"

범죄 클랜에 소속된 악한들답게 무식했다.

강윤수가 나선 것은 그때였다.

"다들 비켜."

그는 오른팔을 내뻗었다.

"아이시클 아클 소환."

서늘한 냉기가 흐르더니 아클이 모습을 드리냈다.

아클은 노골적으로 불쾌한 표정을 지었다.

"이렇게 뜨거운 곳에서 날 불러내다니! 지금 제정신이야?"

"날 도와주면, 네게 서릿발 왕관을 주겠다."

"뭐, 뭐라고?"

아클이 깜짝 놀란 표정을 지었다. 윈터킬 유적의 보물 서릿발 왕관은 얼음의 정령이 충분히 탐낼 만한 물건.

"그, 그 왕관을 내게 준다고?"

"나를 충분히 돕는다면."

"흥, 내키진 않지만 어쩔 수 없지! 얼음폭풍!"

아클은 양손에 한기를 담아 휘둘렀다. 그러자 매서운 냉기가 퍼져 눈앞의 불길을 순식간에 진압시켰다.

이제 무너진 곳만 넘으면 위로 이동할 수 있었다.

"킬킬! 불길이 사라졌다!"

"이젠 살았군! 네 녀석, 누군지는 모르겠지만 고맙다!"

흑호 클랜원들이 흉악한 웃음을 지으며 강윤수를 떠받들었다.

화재를 일으킨 당사자가 구세주 취급을 받았다.

강윤수 일행은 본부 상층으로 올라왔다.

동시에 클랜원 몇 명이 특수 소재로 만든 방화벽을 가져와 지하의 불길을 차단했다. 또한, 지팡이를 든 자들이 와 냉기 마법을 사용해 화재를 빠르게 진압했다.

비록 악한들일지라도 조직력이 수준급이었다.

헨릭은 아쉽다는 듯 입맛을 다셨다.

"생각보다 이놈들에게 큰 피해는 없겠구만."

흑호 클랜 본부의 건물은 거대할 뿐, 별다른 특이점은 없었다. 달콤하면서도 자극적인 연기가 코를 찔렀다.

"이게 무슨 향이니? 평범한 담배 연기는 아니구나."

"마약이야."

꽤 여러 클랜원이 화재가 난 가운데서도 마약을 하고 있었다.

마른 잎사귀를 말아 피우던 남자가 다가왔다.

"이봐! 너희 방금 지하에서 나왔지?"

강윤수 일행은 멈춰 섰다.

마스크로 얼굴을 가리고, 흑호랑이 문신을 새긴 탓에 그들을 알아보진 못한 것 같았다.

"딱 보니 말단인 것 같은데, 지하에서 뭔 일 있었어? 화재가 뭐 때문에 일어난 거야?"

"내가 가스실 근처에 있었다. 어떤 놈이 담배를 피우다가 불똥이 튀었던 모양이더군."

강윤수가 대답하자 그 남자는 어깨를 으쓱였다.

"그래? 뭐, 어차피 내 소관이 아니니 상관없어. 또 몇 놈 목 잘라 죽이고 끝나겠지. 그보다 지금 꽤 재밌는 꼴이 났어. 중앙 홀로 가보자고."

"그러지."

강윤수 일행은 그 남자를 뒤따랐다.

중앙 홀에는 번뜩이는 샹들리에와 자욱한 마약 연기가 가득했다. 마스크를 썼기에 망정이지, 원래였다면 숨조차 제대로 쉬기 어려웠을 것이다.

"아모칸 백작 일가 암살 의뢰! 이번에는 두당 금화 서른 닢이다. 갓난아기도 포함되어 있어! 아주 쉬운 일이지."

"누구 발 빠른 놈 없나? 오늘 밤 오카닉 가문의 목걸이를 훔쳐올 생각인데! 잘하면 미망인 엉덩이도 핥을 수 있을 테고. 클클클!"

클랜원들은 옹기종기 모여 온갖 범죄 모략을 꾸몄다.

건물의 홀은 바깥과 완벽히 차단되어 있어 햇빛 한 점 들어오지 않았다.

창 너머로 황무지의 광경이 엷게 보였다.

확실히 인가와는 떨어진 곳이다.

"여기 앉아. 한 대 피우겠어?"

남자가 마른 잎사귀를 감은 연초를 내밀었다.

오랜만이군.

강윤수는 마약을 바라보다가 손수건을 조금 걷어 입으로 가져왔다.

"지금 뭐 하세요?"

샤네트가 화들짝 놀라 연초를 빼앗았다.

강윤수는 담담한 눈빛으로 그녀를 바라봤다.

"왜."

"평소 담배도 안 피우시는 분이 왜 갑자기 마약을 하시려는 거예요?"

"머리 비우려고."

"그러다가 중독된다구요! 마약 없이 못 사는 몸이 되시면 어쩌시려구요?"

샤네트가 눈매를 세우며 화난 표정을 지었다.

강윤수는 무심히 말했다.

"마약은 잘 끊어왔어."

"그런 놈이 술을 매 끼마다 처마시냐?"

헨릭도 핀잔을 주었다.

남자가 킬킬 웃었다.

"술은 못 끊는데 마약은 끊을 자신이 있다고? 미친놈이군."

"금주가 훨씬 어려워."

"왜?"

"마약은 금단현상이 일어났을 때 머리가 아파. 하지만 술은 마시면 곧장 두통이 일어나지. 그래서 나는 금주가 더 어려워."

"흐음. 평범한 놈이 하기엔 어려운 대답인걸."

남자가 강윤수를 흥미롭다는 표정으로 바라봤다.

그때 홀 중앙으로부터 환호성이 울렸다.

남자가 기다렸다는 듯 손뼉을 쳤다.

"시작됐군!"

가면을 쓴 사내가 키 큰 여인을 끌고 무대로 올라왔다.

여인의 목에는 족쇄가 차여져 있었으나 눈빛만은 반항적이었다.

"백사자 클랜의 일원이라더군. 조직원인양 몰래 잠입해 우리 쪽 정보를 빼돌리려 했다고 해. 우리 클랜원 다섯이 저년한테 죽었다지."

"무대에서 뭘 하려는 거죠?"

"보면 알게 될 거야."

흑호 클랜원들은 무대의 여성을 향해 저속한 야유를 퍼부었다. 상상도 못 할 수준의 욕설과 함께 음식 찌꺼기나 술병이 던져졌다.

그러나 여인은 놀라우리만큼 담담히 그 야유를 감내했다.

"부디 주목해 주시길. 곧 '바깥'에선 절대 구경도 할 수 없는 공연이 시작될 테니!"

가면을 쓴 사내가 어릿광대처럼 익살맞은 목소리를 냈다.

"우린 사는 게 고통이야. 다들 힘들잖아. 누굴 죽이기도 하고, 훔치기도 하면서 마음도 머리도 몸도 참 아프지. 그런데 다들 그거 알아? 우리한테는 '절대 고통을 느낄 수 없는 신체 부위'가 있다는 걸 말이야."

사내는 소매를 걷어 팔꿈치를 꼬집었다.

"이것 봐. 팔꿈치에 있는 살은 꼬집어도 조금의 고통도 느낄 수 없어. 흐음. 칼로 찌르거나 하면 아플지도 모르겠네. 아, 예시는 이게 적절하겠군. 손톱을 깎는다고 해서 고통을 느끼진 않지?"

가면 쓴 사내는 묘하게도 주목을 이끄는 힘이 있었다.

"하지만 그런 신체 부위에 고통을 줄 수 있게 되면 어떨까? 손톱이 하나씩 잘릴 때마다 살점이 찢기는 듯한 '아픔'을 느끼게 되는 거야. 생각만 해도 짜릿하지 않아?"

가면 쓴 사내는 품에서 작은 보석을 꺼냈다.

주홍빛을 내는 보석은 등불처럼 환했다.

"이건 사람의 고통을 조절할 수 있는 마법석이야. 아주 비싸고 희귀한 물건이지. 우린 이것으로 이년의 통점을 한 곳으로 몰아넣을 수 있지."

"통점? 그게 뭔 소리야?"

한 클랜원이 소리치자 사내는 싱긋 대꾸했다.

"신체 부위 하나를 극도로 예민하고 아프게 만들 수 있다는 거야."

클랜원들이 흥분하며 웅성거리는 소리가 커졌다.

이런 식으로 참신한 고문은 처음이었다.

"이년의 어디를 아프게 할까? 발바닥에 통점을 몰아넣어 평생 걸을 수 없게 만들까? 아니면 눈꺼풀에 통점을 몰아넣어 눈을 깜빡일 때마다 지옥을 보게 해줄까? 다들 어느 부위를 원해?"

흥분한 외침이 홀을 가득 메웠다.

여인이 수치심을 느낄 만한 온갖 추잡스러운 말은 모조리 튀어나왔다.

"여기 있는 사람들…… 전부 미쳤어요."

샤네트는 애타는 심정으로 강윤수를 바라봤다. 당장에라도 무대로 올라 저 여인을 구하고 싶었다. 그러나 강윤수는 무심한 눈빛으로 무대를 주시할 뿐이었다.

"자, 자. 다들 진정해. 좋은 의견도 많지만 가슴이나 엉덩이 같은 건 너무 흔하잖아. 이렇게 희귀한 마법석을 모처럼 가져왔는데, 그런 흔해 빠진 고문으로 흥이 살기나 하겠어?"

가면 쓴 사내는 흘깃 웃음을 흘리더니 품에서 철 가위를 꺼냈다. 눈치 빠른 클랜원들은 목에 핏줄이 생길 정도로 환호성을 날렸다.

"머리카락! 통점을 몰아넣을 부위는 바로 머리카락이야!"

가면 쓴 사내는 여인의 긴 머리칼을 쓰다듬었다.

"머리카락을 자를 때 통증을 느낀다면 어떨까? 한 올, 한 올 머리칼이 잘릴 때마다 죽도록 아플 거야. 비유를 하자면 손가락이 절단되는 정도? 그런데 이거 알아? 가위질 한 번에 수백 올의 머리카락이 잘린다는 것 말이야. 가위질할 때마다 가상의 손가락이 수백 개씩 잘려 나가는 거지. 세상에! 얼마나 아플까?"

가면 쓴 사내는 보석을 손으로 짓눌러 깨뜨렸다.

그러자 붉은 흐름이 여인의 머리칼에 스며들었다.

처음으로 여인의 안색이 창백해졌다.

"자아. 우리들의 미용실에 잘 오셨습니다. 수백의 군중 앞에서 머리칼을 자르게 되셨는데, 소감을 말씀해 주실까요?"

가면 쓴 사내가 여인의 머리칼을 꽉 붙잡은 채 속삭였다.

여인은 두 눈을 질끈 감더니 몸을 가늘게 떨었다.

"이 치욕은…… 반드시 갚겠습니다."

"푸하핫! 저년 존댓말 쓰는 것 봐라. 벌써 길들여졌네! 더 괴롭히고 싶다!"

"그냥 빨리 삭발시켜 버려! 크헤헷!"

샤네트는 도저히 참지 못하고 자리에서 일어났다.

그때 남자가 말했다.

"앉지그래, 아가씨?"

"지금 이런 꼴을 보고도 가만히 있으란 건가요?"

"그럼 왜 남의 클랜 지하에 불을 지르고 나왔어. 그냥 얌전히 자고 있을 것이지."

샤네트는 흠칫하며 주변을 돌아보았다. 그제야 자신들의 주위를 둘러싼 살기를 눈치챘다. 일부 클랜원의 시선이 이쪽을 향하고 있었다.

남자는 다리를 한껏 꼬더니 연초를 가볍게 빨았다.

"이야, 나도 놀랐지. 납치해 둔 놈들이 설마 가스실까지 폭발시키면서까지 본부로 올라올 줄이야. 내 기억으론 몸에 쇠사슬까지 감아놨던 것 같은데, 의외로 탈출의 명수들이 시군?"

"거기까지 아는 걸 보면 너도 일개 클랜원은 아닌 모양 이지?"

헨릭이 예리한 눈빛으로 남자를 노려봤다.

남자는 연초 끝의 재를 살짝 털고 말았다.

"유시도, 흑호 클랜 대장이다. 딱히 기억해 둘 필요는 없어. 너흰 내 손에 죽게 될 테니까."

온몸에 소름이 끼치는 기분이었다. 기껏 탈출했는데 설마 적의 우두머리와 대놓고 만나게 될 줄이야.

과격해지는 함성과 반대로 냉랭한 분위기가 테이블을 감싸 돌았다.

"그러게 왜 겁도 없이 우리를 사칭했어? 해질녘 한 잔 상단 주가 우리한테까지 찾아오는 바람에 너희를 처리할 수밖에 없 게 됐잖아. 특히 저 무표정한 놈은 재밌어 보여서 꽤 친하게 지낼 수 있을 것 같았는데, 아쉽게 됐군."

"……왜 우리를 바로 잡아들이지 않고 평범하게 접근했 냐?"

"별 이유 없어. 그냥 이러는 편이 재밌거든. 신분을 숨겼다 가 클랜 대장이라고 밝히는 순간, 놀라는 얼굴을 보면 기분 죽 이잖아. 안 그래?"

유시도는 콧노래를 부르며 다 피운 연초를 내버렸다.

그리고 습관적으로 자신의 중지를 갉아먹기 시작했다.

그것은 정말로 살점을 갉아먹는 행위였다. 핏물이 흐름에도 중지를 이빨로 갉아대는 이시도의 행위는 광기로 물들어 있었다.

"당신…… 제정신이 아니군요."

"아그작…… 내가 왜? 세상에 미친 사람이 얼마나 많은데. 나 정도면 정상인이지. 아, 손가락? 걱정할 것 없어. 지금 내 육체는 갉아먹어도 금방 재생돼."

"흐음. 그러면 심장도 마찬가지니?"

아이리스가 손아귀를 가볍게 풀며 유시도를 바라봤다.

유시도는 가운뎃손가락을 갉아먹다 말고 그녀를 물끄러미 보았다.

"우리 어디서 본 적 있나?"

"유시도."

강윤수가 입을 연 것은 그때였다.

"내가 이곳에 납치되어 온 것은 너와 손을 잡기 위해서다."

"너야말로 정말 미친놈이군. 사칭한 것도 모자라 남의 본부 지하에 불까지 질러놓고 손을 잡아 달라?"

"불을 지른 것은 어쩔 수 없었어. 그러지 않았으면 너흰 우리를 죽였을 테니까."

"어차피 너희 모두 죽일 거야. 그런 내가 왜 너와 손을 잡아야 해?"

"너는 나 없이 이 위기를 헤쳐 나가지 못한다."

유시도는 의아한 표정을 지었다.

"위기?"

그때 클랜원들의 야유가 절정에 달했다.

"대체 고문은 언제 할 거야!"

"기다리다가 목 빠지겠다! 빌어먹을!"

그러나 가면 쓴 사내는 가위를 사용하지 않았다.

오히려 그는 가위를 무대 밖으로 던져버렸다.

"여러분! 진정한 공연은 이제부터 시작입니다. 모두 각자의 주위를 주목해 주시길!"

클랜원들이 의아한 기색으로 주변을 살필 때였다.

그 순간, 수십의 클랜원이 칼을 빼 들고 같은 클랜원을 내찔렀다.

"커헉!"

"왜, 왜 같은 클랜원을?"

"이놈들 흑호 클랜이 아니야! 첩자다!"

하지만 늦어버렸다.

클랜원들은 누가 아군이고 적군인지 구분할 수 없었지만 첩자들은 그렇지 않았다. 그들은 학살당하기 시작했고, 걷잡을 수 없는 사태로 번져 갔다.

바로 그때, 무대 위의 사내가 천천히 가면을 벗었다.

흑호 클랜원인 이상, 모를 리가 없는 얼굴이었다.

"하, 한세현?"

"백사자 클랜 대장이잖아? 저놈이 왜 갑자기 무대에서 나타난 거야!"

한세현은 강윤수를 흘깃 바라봤다.

백사자 클랜 대장은 픽 웃었다.

모든 게 네 계획대로군.

한세현은 입을 열었다.

"별 이유는 없어."

그의 시선이 움직였다.

한세현의 눈동자가 얼굴을 일그러뜨린 유시도와 맞닿았다.

"그냥 이러는 편이 재밌거든. 신분을 숨겼다가 클랜 대장이라고 밝히는 순간, 놀라는 얼굴을 보면 기분 죽이잖아. 안 그래?"

5장
역습, 그리고 파티

"한세현!"

유시도가 목이 찢어져라 외쳤다.

한세현은 팔짱을 끼며 차갑게 말했다.

"내 이름이 한세현인 건 네가 말 안 해줘도 알아."

유시도는 이를 빠드득 갈더니 무대로 돌진했다. 그가 손을 한 번 휘두르자 손가락 사이로 4개의 핏빛 단검이 튀어나왔다. 그러나 한세현은 한 발짝도 물러나지 않았다.

"네 본거지에 침입하면서 내가 아무런 준비도 안 했을 거라 생각해?"

한세현 옆에 노예처럼 앉아 있던 여자가 일순간 움직였다.

조용히 무어라 주문을 외우자 그녀의 목에 감겨 있던 족쇄가 풀렸다.

"보잘것없는 피조물에게 여신의 속박을."

그녀에게서 떨어진 족쇄가 밝게 빛나더니 유시도의 팔과 다리를 감쌌다. 빛나는 족쇄가 움직임을 봉쇄했으나 유시도는 미친 듯한 웃음을 흘렸다.

"크히힛! 이딴 걸 준비라고 한 거야?"

유시도가 억세게 힘을 주는가 싶더니 족쇄가 쩌저적 갈라졌다. 족쇄가 채워져 있던 부위는 옷이 찢어지고 피가 흘렀으나 그는 아랑곳하지 않았다.

"내 앞에 나타나 줘서 고마워. 몸소 죽으러 와주다니. 평안한 죽음이 되시길."

유시도는 한세현의 앞에 착지하자마자 단검 4개를 던졌다.

그가 몸을 낮춰 피하는 순간 허리춤에서 뽑은 칼이 허리로 향했다.

챙─!

한세현은 칼날을 맨손으로 비집어 받았다.

그럼에도 피가 흐르기는커녕 날붙이끼리 부딪힌 것처럼 불가루가 튀었다.

강렬한 힘이 서로에게 맞닿아 대기가 울리는 듯했다.

여행자 중에서 최상위권에 속한 두 강자가 서로를 마주 보았다.

"누가 누구 피를 마시게 될지는 해봐야 알겠지?"

"내 앞에서 흡혈을 논하는 게 얼마나 멍청한 짓인지 모르지 않을 텐데, 친구."

유시도는 소매를 걷어 팔뚝에 박힌 붉은 보석을 콱 깨물었다. 비릿한 혈액이 입가를 흠뻑 적셨다.

유시도의 눈동자가 붉어졌다. 피부와 머리칼은 희게 변했고 송곳니는 굵어졌다.

그러자 둘은 절친한 친구처럼 픽 웃으며 대화를 나누었다.

"이제야 뱀파이어로 변했군. 그럼 방금은 호문쿨루스였나. 육체 재생을 못 하게 될 텐데, 괜찮아?"

"크히힛! 날 신경 쓰기 전에 네 목덜미부터 신경 쓰는 게 좋을걸?"

말이 끝나는 동시에 두 남자의 분위기는 사납게 변질했다.

유시도가 거칠게 한세현을 향해 돌진했다.

방금보다 현저히 빨라진 속도, 그리고 강대한 악력이었다.

콰지직—!

유시도의 괴력 탓에 무대가 갈라졌다. 짧은 순간 수십 개의 칼날이 한세현을 덮쳤다. 그러나 한세현은 맨손으로 칼날을 쳐내며 뒤쪽으로 물러났다.

"광기 섞인 전투력은 인정하지만, 넌 항상 깊게 생각하질 못해, 유시도."

유시도의 칼날을 피해 한세현은 몸을 숙였다.

그는 바닥에 떨어진 포크를 주워 던졌다.

유시도는 고개를 살짝 돌려 피했다.

"너야말로 웃기지. 무기조차 들지 못하는 클래스로 전직한 주제에."

"너 따위는 무기가 없어도 이길 수 있기 때문이지."

한세현이 빈정대듯 말한 순간이었다.

유시도가 피한 포크가 그대로 날아가 뒤쪽 창가를 부숴 버렸다.

쩌적-!

유리 파편이 부서지며 환한 햇살이 유시도의 몸으로 떨어져 내렸다.

그는 고통스럽게 비명을 내질렀다.

"아악-!"

"마리아!"

한세현이 외쳤다.

마리아라 불린 여자가 또다시 주문을 외웠다.

"보잘것없는 피조물에게 여신의 속박을."

파편이 되었던 족쇄가 도로 조합되더니 유시도의 팔과 다리를 봉쇄했다. 온몸으로 햇빛을 받은 유시도는 방금과 달리 저항하지 못했다.

강한 신성력이 담긴 족쇄가 그의 몸을 완벽히 속박했다.

"크⋯⋯억⋯⋯!"

뱀파이어는 햇빛과 신성력에 취약하다.

유시도는 현기증을 일으키며 그대로 정신을 잃고 말았다.

"정말로 잡았군. 드디어."

한세현이 믿기지 않는 듯 기절한 유시도를 바라봤다.

그즈음이 되자 주변에 일어나던 싸움도 모두 끝났다.

"한세현 대장님! 이곳에 있는 흑호 클랜원 전원을 말살했습니다!"

"범죄 지수가 오르지 않을 만큼 모두 흉악범이었습니다."

"우리가 해냈습니다!"

환희에 찬 함성이 울렸다.

한세현이 미소를 지으며 갈라진 무대에서 내려가던 순간이었다.

어느새 마리아가 다가왔다.

"이번만은 무례를 용서하시길."

"응?"

짝!

그녀는 한세현의 뺨을 때렸다.

한세현을 포함한 클랜원들이 얼떨떨한 표정을 짓자 그녀는 냉랭히 말했다.

"치욕은 반드시 갚는다고 말씀드렸습니다."

"우리 부대장은 터프해서 참 좋아. 얼굴 노출 안 됐다고 노예 역을 자처한 것도 그렇고 말이야. 하지만 꼭 이렇게 부하들이 다 보는 앞에서 따귀를 때려야겠어?"

마리아는 그를 물끄러미 바라봤다. 그러더니 치유력이 담긴 손으로 한세현의 뺨을 어루만졌다.

"대장님의 연기에는 사심이 담겨 있었습니다. 머리칼을 쓰다듬는 것은 원래 대본에 없었을 텐데요. 아시다시피 저는 남이 제 머리를 만지는 것을 싫어합니다."

"그 대신 머리칼을 자르지 않았잖아. 원래라면 아예 삭발을 시켰을 거라고."

"그것참 고맙군요."

한세현은 어깨를 으쓱이더니 무대를 내려왔다.

그는 강윤수에게 다가와 싱긋 웃었다.

"여, 오랜만이네. 그동안 잘 지냈지?"

"아니."

힐레단에서 한세현과 만난 뒤로 워낙 해괴한 일을 많이 겪었다.

의문의 속삭임과 아이리스, 이번이 마지막 삶이라는 흰 그림자라는 존재. 그러니 당연히 잘 지냈다고 대답할 수 없었다.

"너다운 대답이군. 여, 우리 부대장만큼이나 아리따운 아가씨도 오랜만이군요."

샤네트는 한세현과 구면이었다.

그러나 그가 반갑기보단 한세현이 보여준 실력에 관한 놀라움이 더 컸다.

"저, 정말 대단한 분이셨네요?"

"뭐, 남들은 자주 그렇게 말하죠."

한세현은 초면인 헨릭과 아이리스와도 인사를 나누었다.

"나는 헨릭, 보잘것없는 세공사 겸 인형사올시다."

"아이리스, 이들과 함께 세상을 배우고 있단다."

"반갑습니다. 저는 한세현, 백사자 클랜의 대장직을 맡고 있습니다."

한세현이 오른손을 척 내밀자 헨릭이 의심스러운 눈초리를 보냈다.

"설마 악수할 때도 방금처럼 손이 막 날카롭고 그런 거요?"

"하하! 당연히 지금은 아닙니다. 물론 가끔 기분 나쁜 상대한테는 그러기도 합니다만."

백사자 클랜 대장은 농담인지 진담인지 모를 말을 해대며 웃어넘겼다.

그때 바깥에서 문이 활짝 열렸다.

"운송지원이 도착했습니다!"

커다란 마차 서너 대와 말 일흔 필이었다.

클랜원들은 본부의 어디서 가져왔는지 서류 더미와 종이 뭉치를 한가득 챙겨 마차에 실었다.

한세현은 강윤수 일행에게 말했다.

"장소도 좀 그런데, 우리 쪽 본부로 가시겠습니까?"

강윤수 일행은 앞에서 두 번째 마차를 탔다.

한세현과 마리아가 탑승한 마차 다음으로 훌륭한 마차였다. 동승한 클랜원들은 그들을, 특히 강윤수를 신기한 눈초리로 바라봤다.

"실례지만 어느 나라에서 오셨습니까?"

"한국."

강윤수는 낮게 말했다.

"한국? 대장과 같은 나라군요. 고국의 사람을 만날 수 있어 좋겠습니다."

눈앞의 클랜원이 부럽다는 듯 말했다.

그의 이름은 크리스로, 중앙아프리카 가봉 출신의 건장한 흑인 남성이었다.

크리스는 얼굴을 양손으로 쓸어내렸다.

"오, 젠장, 아프리카가 얼마나 넓은데! 왜 이렇게 우리나라 사람만 찾기가 힘든 거야?"

"이봐, 크리스. 넌 따지고 보면 미국 출신이잖아?"

주근깨가 송송 박힌 주홍 머리칼 여자가 픽 웃었다.

그녀는 호주 출신 여성으로, 아만다라는 이름을 가지고 있었다.

그러자 크리스가 억울하다는 듯 항변했다.

"태어난 건 미국이지만, 고국은 아프리카야! 어머니가 무역 회사에 근무해서 출신지만 미국 캔자스였을 뿐이지. 자라난 곳은 중앙아프리카 가봉이라고."

"그만해. 그 소리만 한 100번은 들은 것 같다."

마부석에 앉은 인도인 파스초가 핀잔을 줬다.

크리스는 불만스러운 눈빛이었지만 입은 꾹 다물었다.

아만다가 킥킥 웃더니 강윤수에게 고개를 돌렸다.

"다들 당신을 주목하고 있어요. 우리 대장은 누구에게나 살갑게 굴지만, 진짜 마음을 여는 경우는 드물죠."

"대장이 마음을 열었다고? 그냥 같은 나라 사람이니 친절히 구는 거겠지."

파스초가 빈정거리듯 말했다.

아만다는 픽 웃으며 속삭였다.

"파스초는 대장이 당신한테 따스하게 대하니 괜히 질투하는 거예요."

강윤수는 대꾸 없이 창밖만 바라봤다.

한국이라.

이 세상에서 2만 년을 넘게 보낸 몸이다 보니 고국에 대한 기억은 희미했다.

'그동안 가보지 못한 것은 아니지만.'

천 년이 넘는 세월 동안 연구를 거듭해 그는 원래 세계로 귀환한 경험이 있다. 당시 강윤수는 경계의 거울이라는 보구를 사용해 차원을 허물었다.

'광화문 광장에서 마황에게 살해당한 뒤로는 돌아가려고 시도조차 안 했지.'

경계의 거울은 차원을 넘어 자신이 원하는 곳을 오갈 수 있는 신비로운 아이템이다. 그러나 재료를 수집해 제작하는 데 최소 20년이 걸린다.

샤네트가 조심스레 물었다.

"여러분들 모두 여행자이신가요?"

"그럼요. 저희뿐만 아니라 다른 마차에 타고 있는 자들 모두 여행자예요. 저희 백사자 클랜은 여행자로만 이루어져 있죠."

아만다가 친절히 설명해 주었다.

헨릭은 마차 밖으로 고개를 내밀어 둘러보았다.

"유시도, 흑호 클랜 대장 놈은 어디에 있나?"

"가장 후열의 마차에서 이송 중이죠. 신성력이 담긴 사슬을 채웠으니 안심해도 돼요. 듣자 하니 아직도 기절해 있다던데요."

"나는 그래도 불안해."

크리스가 불편한 표정으로 말했다.

"이번처럼 기습이 대성공을 거둔 것은 처음이지만, 우리가 흑호 클랜 일당을 모조리 해치운 건 아니잖아. 잔당이 아직 남아 있을지도 모르고. 특히 유시도는 대장과 맞먹을 정도로 무서운 놈이야."

"알고 있어. 그래서 놈이 뱀파이어로 변했을 때를 노린 거잖아."

"그래도 뭔가 이상해. 일이 지나치게 잘 풀린다고 생각하지 않아? 놈은 너무 쉽게 잡혔어."

"이봐, 크리스. 괜한 걱정 마. 꼭 그렇게 말하면 일이 꼬인다고.

"하긴 그것도 그렇지. 어차피 황궁에서 내려온 의뢰 때문에 죽일 수도 없으니까."

샤네트가 눈을 깜빡였다.

"황궁에서 내려온 의뢰요?"

아만다가 팔꿈치로 크리스의 가슴을 팍 쳤다.

크리스는 덩치에 맞지 않게 엄살을 피우며 가슴을 살살 문질렀다. 샤네트는 그들의 반응이 이상했지만, 크게 신경 쓰지 않았다.

"백사자 클랜과 흑호 클랜은 별로 사이가 좋지 않은가 보죠?"

"그야 당연하죠. 이름부터가 그렇잖아요? 하얀 사자와 검은 호랑이라니! 이름도 어쩜 그렇게 지었는지."

잡담을 나누다 보니 시간이 빠르게 흘렀다.

파스초가 마차를 멈춰 세웠다.

"본부에 도착했다."

어둑어둑해진 하늘 아래로 커다란 저택이 눈에 들어왔다.

대문 정면에 그려진 하얀 사자 무늬가 인상적이었다.

헨릭이 턱을 짚더니 눈썹을 올렸다.

"수도치곤 꽤 낯선 디자인인데. 신인이 설계했나 보지?"

"호오. 눈썰미가 좋으십니다. 사실 우리 본부의 건축 설계도는 파스초가 제작했습니다. 저래 봬도 인도 명문대학 건축학과 수석이거든요."

"명문대학?"

헨릭이 '명문대학'이란 단어를 이해하지 못하자 크리스는 어깨를 으쓱였다.

묘하게 무시하는 태도였다.

그러나 괜히 다퉜다가 귀찮아질 것 같아 헨릭은 눈썹만 조금 찌푸렸다.

"아이리스 언니?"

샤네트는 그녀가 내리지 않자 마차 안을 돌아보았다. 아이리스는 마차 구석에 기대어 새근새근 잠이 들어 있었다.

한세현은 그 광경을 보더니 픽 웃었다.

"날도 어두워졌는데 오늘은 우리 본부에서 자고 가."

그는 강윤수의 어깨에 손을 탁 올렸다.

"여독이나 풀 겸 오늘 밤 파티를 하려고 하거든."

강윤수는 말없이 그를 물끄러미 바라볼 뿐이었다.

그러자 한세현은 정색하고 말했다.

"술 많다."

"좋아."

백사자 저택 내부는 외견과 마찬가지로 훌륭하고 깔끔한 설비였다.

왼편으로 사무 용도로 쓰이는 건물 한 채가 보였다.

"그럼 이 저택에서는 주로 숙식을 하시는 건가요?"

"그렇습니다. 공적치를 많이 얻은 간부만 여기서 자고 지낼 수 있죠."

크리스가 자랑스러운 어조로 말했다.

맨 뒤쪽의 마차 문이 열리더니 클랜원 서넛이 기절한 유시 도를 끌고 나왔다.

밝게 빛나는 사슬에 팔다리가 묶인 유시도는 본부 어딘가 로 이끌려 갔다.

"부대장님께서 직접 신전에서 가져온 성물이라지?"

"그래, 저거 가져오느라 신탁 몇 개도 포기하셨다더군."

강윤수 일행도 저택 안으로 들어갔다.

친절한 아만다가 몸소 저택에서 묵을 방을 지정해 주었다.

"이따 11시에 파티가 있을 거예요. 한잔하고 싶으면 5층으 로 올라와요."

각자 방에 들어가 옷을 편히 갈아입고 휴식을 취했다.

11시가 되자 다들 방에서 나왔다.

"아이리스는?"

"깊이 잠들었어요. 그래서 그냥 안 깨우고 나왔어요."

복도를 걸으며 샤네트가 걱정스러운 표정을 지었다.

"파티라면 화려하게 치장하거나 예복을 갖춰 입는 것이 예의 아닌가요?"

"뭔 상관이냐. 애초에 갈아입을 연미복도 없는데."

헨릭이 귀찮다는 듯 말했다.

5층으로 올라가자 의외의 광경이 그들을 반겼다.

"……?"

화려한 조명이나 잔잔히 연주를 하는 음악가가 없었다.

클랜원 모두가 편한 차림을 하고 소파나 테이블에 걸터앉아 있었다.

소파에 드러누운 사람도 적지 않고, 딱히 값비싼 안주도 없이 주류는 모두 맥주였다.

그들은 웃으며 자유로이 대화를 하거나 카드놀이를 즐겼다.

"……제가 아는 파티의 개념이 잘못된 건가요?"

"파티라면 귀족들이 고고한 체하며 춤을 추거나 와인 홀짝이는 모임 아니었냐?"

강윤수는 무심히 말했다.

"여긴 다들 여행자니까."

그러고 보니 정말 모두가 손목에 단말기를 착용하고 있었다. 고풍스러운 분위기의 사교장을 예상한 샤네트와 헨릭은 낯설 수밖에 없었다.

멀리서 그들을 발견한 크리스가 반갑게 손을 흔들었다.

"오. 강윤수 씨! 이쪽입니다!"

강윤수는 멀뚱멀뚱 서 있는 샤네트와 헨릭을 돌아봤다.

"이 파티는 격식이 없어. 편히 돌아다니면서 마셔."

그렇게 말하고 강윤수는 크리스가 있는 자리로 합석해 버렸다. 헨릭은 눈알을 굴리더니 테이블에 놓인 흑맥주 한 병을 날름 챙기고 아무 자리나 앉았다. 홀로 남은 샤네트는 괜스레 눈치를 보다가 다른 곳으로 걸어갔다.

"이쪽이 한세현 대장이 그렇게 칭찬하던 남자야?"

서양인 여성이 호기심 담긴 눈동자로 그를 바라봤다.

흘러내린 연노랑 머리칼과 파란 눈동자, 그리고 잘빠진 몸매를 가진 여성이었다. 상당히 얇은 민소매를 입은 탓에 가슴골이 드러나 보였다.

"아, 이쪽은 마가리타. 러시아 블라디보스톡 출신이죠."

크리스가 소개했다.

"만나서 반가워요."

마가리타가 그를 은근한 눈길로 살피며 손을 내밀었다.

강윤수는 가볍게 악수했다.

"강윤수."

테이블에는 크리스, 마가리타 말고도 아만다랑 파스초도 앉아 있었다.

강윤수는 병맥주를 집어 능숙한 손길로 마개를 땄다.

다들 병맥주를 부딪치고 시원하게 들이켰다.

"푸하아! 이게 대체 얼마 만의 맥주야!"

크리스가 입술에 묻은 맥주 거품을 핥으며 입맛을 다셨다.

파스초는 잠시 생각하다가 말했다.

"정확히는 스무날 하고도 반나절 만이야."

"윽! 누가 모범생 아니랄까 봐 계산 한 번 철저하다, 야."

"그냥 네 머리가 부족한 거겠지."

"죽고 싶냐?"

크리스와 파스초는 형제처럼 투덕거렸다.

테라스를 타고 무더워지는 공기가 스며들었다.

"그런데 강윤수 씨는 언제 대장이랑 만났습니까?"

크리스가 묻자 아만다도 궁금하다는 표정을 지었다.

"맞아요. 보통 대장이 친절한 성미긴 해도 자기 이득이 없으면 오래 관계를 유지하지 않죠. 오늘처럼 대장이 살갑게 구는 건 처음 봤어요."

"힐레단에서 봤어."

"흐음? 꽤나 외지인 곳에서 만나셨네요."

"그냥 반말 써. 그게 편해."

"앗, 그래도 돼?"

아만다가 손뼉을 딱 치며 웃었다.

그러자 파스초가 질색하는 표정을 지었다.

"어울리지 않게 웬 애교야?"

"애교는 무슨!"

아만다가 얼굴을 붉히며 항의했다.

안주를 곁들여 맥주를 들이켰더니 적당히 취기가 올랐다.

크리스가 대뜸 한숨을 내쉬었다.

"젠장, 늦둥이 막내랑 영상통화 한 번 해봤으면 소원이 없 겠네, 자식. 학교는 잘 다니고 있나?"

"영상통화? 그래도 팔자 좋네. 나는 가족들이랑 무조건 노 트북으로 영상채팅이었는데."

아만다가 울적한 표정을 지었다.

의외로 마가리타가 픽 웃었다.

"난 노트북만 켜면 무조건 월드 오브 라크래프트였어."

"아! 월드 오브 라크래프트! 페페로니 피자 한 조각 씹으면 서 레이드 한 번 돌면 소원이 없겠다."

크리스가 안타까워하자 아만다가 물었다.

"왜? 이젠 현실이 게임처럼 변했는데. 여기도 레이드는 있 잖아."

"젠장! 그거랑 이거랑 비교가 되겠어? 여긴 지옥이야!"

크리스가 벌컥벌컥 맥주를 들이켰다.

마가리타가 체리 하나를 삼키며 강윤수를 지그시 바라봤다.

"강윤수는 현실에서 어떤 사람이었어?"

조용히 술만 들이켜던 강윤수가 입을 열었다.

"사회인이었겠지."

"응? 그게 무슨 소리야?"

"기억이 안 나."

"뭐?"

마가리타가 고개를 갸웃거렸다.

강윤수는 나지막이 말했다.

"원래 세상은 기억이 잘 안 나."

부모가 있었고, 외동이었다. 대학은 가지 않았다.

원래 있던 세계의 기억은 그것으로 끝이었다.

친구가 있었는지, 꿈이 무엇이었는지 머릿속에서 사라진 지 오래였다.

강윤수도 그리 신경 쓰지 않았다.

'정말 소중한 기억이었다면 머릿속에 남아 있었겠지.'

"기억이 안 난다니. 그게 무슨 말이야?"

눈살을 찌푸린 마가리타를 크리스가 말렸다.

"괜히 캐묻지 마. 강윤수가 현실에서 뭘 했든지 우리가 상관할 바는 아니잖아. 실례라고."

그때 흥겨운 하모니카 소리가 들려왔다.

소파에 편히 누운 한세현이 하모니카를 불고 있었다.

"'Happy Day'잖아."

"이거 오랜만에 듣는데!"

Happy Day는 인기 가수 퀴렐의 히트곡이었다.

빌보드 차트 1위에도 올랐던 곡으로, 당시 유투브 20억 조회 수를 기록했다.

전 세계 사람들이 모인 이곳에서도 누구나 흥겹게 즐길 만한 노래였다. 그러나 이 파티의 유일한 대륙인인 두 사람만은 아무것도 즐기지 못했다.

헨릭이 다가와 샤네트의 옆자리에 앉았다.

"쟤네들 지금 뭔 이야기를 하는 거냐?"

샤네트는 마가리타, 아만다와 동석한 강윤수를 보며 우울히 말했다.

"그걸 왜 저한테 물으세요?"

"그러게. 내가 왜 그걸 너한테 묻냐?"

"아저씨, 취하셨죠?"

"내가 취하긴 뭘 취해? 그런데 왜 나한테 오빠라고 안 불러!"

샤네트는 한숨을 쉬었다.

노트북이니, 월드 오브 라크래프트니, 그녀로선 알아들을 수 없는 말들이었다.

샤네트는 소외감을 진하게 느꼈다.

여행자들끼리 앉은 강윤수를 보자니 그와의 거리가 훨씬 멀어진 것만 같았다.

'내가 왜 이러는 걸까? 어린애도 아니고.'

한편 마가리타는 건너편에 앉은 샤네트를 흘깃 바라봤다.

"그런데 강윤수는 왜 대륙인들이랑 같이 다니는 거야?"

"맞아. 나도 실은 그게 궁금했어."

아만다도 동조했다.

"보통은 여행자들끼리 다니잖아. 왜 굳이 대륙인들을 달고 다니는 거야?"

"따지고 보면 NPC 같은 것들이잖아. 차라리 우리 클랜에 들어오지그래? 공감대 형성할 것도 많고, 현실로 돌아가기 위해 더 빨리 성장할 수 있다고."

NPC.

다른 세계에서 살아와 들러리에 불과한 엑스트라들.

이들을 포함해 대부분의 여행자들이 대륙인을 생각하는 관점이었다.

강윤수는 처음으로 마시던 술병을 내려놓았다.

그가 무어라 대답하려던 순간이었다.

"자, 다들 주목!"

한세현이 벌떡 일어나더니 이목을 끌었다.

"오늘 우리의 기습은 성공적이었어. 흑호 클랜의 핵심 전력은 전부 우리 손에 목숨을 잃었다. 하지만 다들 느꼈을 거야. 왠지 일이 너무 잘 풀렸다고. 맞는 말이야. 원래라면 유시도가 이렇게 쉽게 당할 리 없지."

클랜원들이 의아한 표정을 지었다.

한세현은 계속해서 말을 이어갔다.

"오늘 흑호 클랜 기습을 수월히 이뤄낸 것은 나 혼자 이뤄낸 공로가 아니야. 그 공로는 강윤수. 전적으로 이 남자가 우리에게 정보를 준 덕분이었지."

한세현이 가리키자 모두의 시선이 강윤수에게로 향했다.

"흑호 클랜 본부의 위치. 잠입하는 루트. 시기적절한 기습 시기. 강윤수가 없었다면, 오늘 작전은 시도조차 하지 못했겠지."

의례적인 박수 세례가 쏟아졌다.

한세현은 싱긋 웃으며 그를 바라봤다.

"오늘의 공로를 미뤄 나는 강윤수를 우리의 일원이자 백사자 클랜원 간부로 받아들이려고 한다. 앞으로 우리랑 활동하고, 같이 생활하게 되겠지."

샤네트는 흠칫 어깨를 떨었다.

그녀는 불안한 눈길로 강윤수를 살폈다.

행여나 그가 제안을 수락할까 염려되어 참을 수 없었다.

"초반부터 간부로 활동한단 말입니까?"

한 클랜원이 놀란 표정으로 말했다.

한세현은 태연히 고개를 끄덕였다.

"내가 보기에 그 정도 가치는 하는 녀석이다. 실제로 그만한 공로를 남기기도 했고. 혹시 불만 가진 자 있나?"

불만스러운 표정을 짓는 클랜원이 몇몇 있었으나 아무도 손을 들지 않았다. 클랜 대장의 결정인데 무어라 반박을 하겠는가.

그러나 한 사람, 무심히 손을 든 남자가 있었다.

"안 해."

강윤수는 덤덤히 말했다.

저택에 침묵이 흘렀다.

크리스가 놀라 허둥지둥 속삭였다.

"이봐, 강윤수. 네가 모르는 것 같은데 이건 정말 파격적인 제안이야. 원래는 간부까지 올라오려면 공로를 세워야 하는 사냥이 최소 쉰이 넘어. 백사자 클랜 간부면 이득 보는 것도 많아. 이건 정말 대단한 특혜라고."

"안 한다고."

한세현은 쓴웃음을 지었다.

"그래, 싫다는 사람을 억지로 클랜에 넣을 순 없지. 하지만 이유를 묻고 싶다. 너는 왜 그렇게 나와 함께하길 싫어하는 거냐? 여행자들끼리 협력하면, 너의 지식은 우리 클랜에 분명 큰 도움이 될 거다."

강윤수는 샤네트와 헨릭을 힐끗 보았다.

그는 낮고 진중히 대답했다.

"나에게는 일행이 있으니까."

샤네트는 불현듯 손을 꽉 쥐었다.

헨릭은 입가에 술잔을 대고 있었으나 눈빛만은 빛났다.

"왜 같이 다니느냐고?"

강윤수는 마지막 잔에 술을 채웠다.

"저들이 내가 살아가는 이유다."

새벽녘이 되었다.

강윤수는 자신을 바라보는 클랜원들의 시선이 싸늘해졌단 걸 알았다. 그러나 그는 별 감흥을 느끼지 않았다. 클랜원들은 널브러져 자거나 각자의 방에 들어가 잠을 청했다.

헨릭은 고주망태로 취해 있었고, 샤네트도 과음했는지 몸을 제대로 가누질 못했다.

강윤수는 얼굴이 새빨개진 샤네트에게 다가갔다.

취중 그녀가 자신의 귓가에 대고 속삭였다.

"강윤수 님…… 강윤수 님…… 정말 다행이에요. 우리랑 항상 같이 있어줘요. 떠나지 말아줘요. 나랑 같이 있어줘요. 계속 이렇게 함께해요."

강윤수는 두 사람을 동시에 부축해 방에 데려다주었다.

샤네트는 침대에 부드럽게 눕히고, 헨릭은 방바닥에 집어 던졌다.

그는 복도로 나가 발소리를 낮추었다.

지하로 가는 계단을 계속 걸어갔다.

"무슨 볼일이십니까?"

감시를 서던 클랜원이 냉철한 눈빛으로 그를 바라봤다.

"기절해."

"예?"

"그게 지금 네 역할이야."

강윤수는 검을 꺼내 칼등으로 휘둘렀고, 쓰러진 감시는 자신의 역할에 충실하게 되었다.

지하 끝에 다다르자 서너 개의 자물쇠로 얽힌 철문이 보였다. 강윤수는 주머니에서 핀셋을 꺼내 자물쇠에 넣고 돌렸다.

달그작…… 달그작. 철컥……!

능숙한 손놀림 몇 번에 자물쇠가 가볍게 열렸다. 강윤수는 순식간에 마지막 잠금장치까지 풀어버리고 문을 열었다.

끼익…….

두꺼운 창살 너머로 한 남자가 보였다. 그는 여전히 빛나는 사슬에 몸이 묶여 있었다. 벌거벗은 등 위로 커다란 흑호랑이 문신이 꿈틀거렸다.

"유시도."

"……자는데 왜 불러."

유시도가 말했다.

정말 막 깨어났는지 목소리가 쉬어 있었다.

"지금 너를 풀어주겠다."

유시도는 짧게 대답했다.

"미친 새끼."

"그 대신, 너는 나를 따라 황궁으로 가야 한다."

"이 후덥지근한 밤에 거긴 뭣 하러?"

정확히 두 가지 목적이었다.

아이리스를 창조한 연금술사를 찾아가 흰 그림자의 정체를 파악하는 것.

그리고…….

"오늘 밤, 황제를 암살한다."

6장
황제를 죽여라

유시도는 광인(狂人)이다.

일반 상식은 그에게 통용되지 않는다.

그는 진지하게 물었다.

"너, 나 좋아하냐?"

"아니."

"뭐? 정말 실망스럽군. 그럼 왜 난데없이 동업 제의하고 지랄이야?"

유시도에게 있어 살인이란 그런 수준밖에 되지 못했다.

천금과 토막살인 중 하나를 고르라면 유시도는 당연히 후자를 택한다.

생명을 앗아가는 쾌락이 훨씬 탐나기 때문이다.

"말했잖아. 너랑 손을 잡기 위해 납치됐다고."

"왜 나랑 손을 잡으려는 건데?"

"암살, 살인, 잠입. 이 모든 걸 고려하면 네가 최상이다. 성격은 가장 비뚤어졌지만, 최소 인원 한 명으론 네가 제일 적합해."

"내가 싫다고 하면?"

"지금 풀어주지 않겠어."

유시도는 강윤수를 흥미로운 눈동자로 바라봤다.

그는 히죽 웃었다.

"처음 봤을 때부터 느꼈어. 너, 나랑 동류지?"

"뭘."

"뭐긴 뭐야. 너도 나처럼 사회적 또라이란 거지. 미친 새끼야."

유시도는 창가 밑으로 내려오는 달빛을 바라봤다.

그는 흥얼거리듯 말했다.

"사람들은 말해. 내가 미쳤다고 말이야. 창자를 꺼내고 얼굴 가죽을 뜯어낼 때 쾌감을 느끼는 나를. 근데 왜 그러는지 나는 몰라. 나는 사랑받기 위해 그러는 거라고! 왜 다들 나를 몰라줄까?"

유시도는 거짓 울음도 흘렸다.

"흑, 우리처럼 미친놈들은 서글퍼. 우릴 이해해 주는 자들이 너무 적거든. 특히 한세현처럼 자기가 정상인 줄 아는 놈들 탓에 진짜 살기 힘들어."

강윤수는 말없이 그를 쳐다보았다.

유시도 역시 눈알을 굴려 그 시선을 맞받았다.

"네가 네 자신을 미친놈이라고 인정하면, 기꺼이 너를 돕지. 왜냐면 너는 재밌어 보이는 동족이니까."

"진정으로 미친 자는 자신을 미쳤다고 인정하지 않아."

"와우!"

유시도는 박수를 치려다가 몸에 묶인 족쇄 탓에 관두었다.

"난 네가 마음에 들기 시작했어! 아, 이름이 뭐였지?"

"강윤수."

"그래, 강윤수. 넌 왜 여자가 아니냐? 그랬으면 지금 당장 사랑에 빠졌을 텐데."

강윤수는 그 말을 무시하고 유시도를 휘감은 족쇄에 핀셋을 꽂아 넣었다.

유시도는 그가 마음에 들었는지 실실 웃기 시작했다.

'회귀할 때마다 느끼지만, 이놈은 귀찮아 죽겠군.'

강윤수는 말 못 할 지겨움을 느꼈다.

긴 밤이 될 것이다.

유시도는 소지품을 빼앗겨 치부만 간신히 가린 벌거숭이였다.

그러나 본인은 전혀 상관하지 않았다.

"가다가 빼앗아 쓰지 뭐."

두 사람은 지하로부터 올라왔다.

그토록 시끄러운 유시도조차 복도에선 조용히 걸었다.

클랜원 하나의 눈에 띄기라도 한다면, 곧바로 걷잡을 수 없는 사태가 벌어지리라.

"잠깐."

강윤수는 복도를 걷다 말고 멈춰 섰다.

아이리스의 방 앞이었다.

'내 회귀에 관해 알고 있는 흰 그림자는 아이리스 속에 있다. 그녀도 황궁에 데려가는 게 좋을지 모르지.'

그는 빠르게 판단하고 방문을 열었다.

침대에 누운 미녀가 가느다란 숨결을 가슴 위로 흘려내고 있었다.

"아이리스."

"흐음……? 강윤수구나."

아이리스는 눈을 비비며 몸을 일으켰다.

"흐아암, 왜 그러느냐?"

"일어나. 지금 황궁으로 갈 거야."

"알았다, 함께 가자꾸나."

아이리스는 전혀 반항 없는 태도로 일어났다.

그러자 유시도가 실망한 목소리로 말했다.

"뭐야. 우리 둘만의 데이트 아니었어?"

"이 계획에는 그녀도 필요해."

"쳇, 괜히 방해꾼이나 될 여자라면 지금 이 자리에서……."

갑작스레 유시도가 말을 끊었다.

그는 눈을 크게 뜨더니 진지하게 말했다.

"어라, 이 여자. 저번에는 입을 가리고 있어서 몰랐는데 황녀잖아?"

"너는 황녀를 만난 적이 있느냐?"

"응, 예전에 침실에서 죽이려다가 실패했어. 근데 왜 네가 여기 있는 거야?"

유시도는 순수해 보이는 눈동자로 아이리스를 또렷이 바라봤다.

그러나 강윤수는 알았다. 지금 유시도가 그녀의 목을 어떤 각도로 비틀지 가늠하고 있음을.

"그녀는 황녀의 도플갱어다."

"그래? 어째 분위기가 다르다더니."

유시도는 놀랄 만큼 빠르게 수긍했다.

강윤수가 덧붙여 말했다.

"황궁은 은밀히 너를 포획하라는 의뢰를 내렸다. 유시도."

"나를 왜?"

"너를 고문해 네게 황녀 암살을 의뢰한 귀족을 알아내기 위해서지."

"아하, 어째 한세현 그 자식이 날 살려 둔 게 이상하더라니. 황궁에 날 넘기고 자리 하나 꿰차기 위해서였군."

한세현 이야기가 나오자 유시도는 언행이 거칠어졌다.

"하여간 마음에 안 드는 새끼야. 난 그 자식만은 싫어. 머리 끝부터 발끝까지 모조리 찢어버리고 싶어. 젠장. 젠장. 젠장!"

유시도의 감정 기복은 심각했다.

평소에는 유하다가도 격해지면 언제든 눈앞의 사람을 죽이려 한다.

그 사실을 익히 알고 있는 강윤수는 즉시 화제를 돌렸다.

"이대로 황궁으로 가지. 하지만 얼굴을 가릴 게 필요할 것 같은데."

"으악! 설마 마스크를 쓰자는 건 아니겠지? 그딴 건 내 취향에 안 맞아. 범죄자 같잖아."

강윤수는 딱히 범죄자 맞잖아, 라고 지적하진 않았다.

그때 아이리스가 벽걸이에 걸린 것을 가리켰다.

"저걸 쓰는 것이 어떻겠느냐?"

파티용 가면이었다.

유시도는 신중히 고민하더니 활짝 웃고 있는 천사 가면을 골랐다.

"난 이걸로 할래."

"아이리스는 가면을 쓰지 마."

강윤수는 인체세공도구를 꺼냈다.

현재 적갈색 머리칼인 그녀를 잠시 원래의 찬란한 금발로 바꾸었다.

그러고 나서 강윤수는 가장 활동하기 편한 가면을 골라 착용했다.

아이리스는 부드럽게 웃었다.

"강윤수에게 굉장히 어울리는 가면이구나."

그 가면은 앙증맞은 토끼였다.

강윤수가 그녀를 보며 나지막이 말했다.

"어딜 봐서."

"이젠 검을 쥐기가 망설여진다."

"임무 실패가 네 잘못이 아니란 걸 알고 있어. 자책하지 마."

"그런 의미의 문제가 아니야."

황실 제3기사단장 레녹스는 한숨을 쉬었다.

나흘 전, 그는 단원들과 하타르 산맥을 헤매다 초라하게 황실로 귀환했다.

당연히 비난이 쏟아졌고 그가 기사의 직책을 내려놓아야 한다는 목소리까지 높아졌다.

"나 같은 여기사단장도 칼을 쥐고 싸워. 지독한 편견과 오만을 무릅쓰고서 말이야. 수습단원 때부터 느꼈지만 너는 그

고지식한 성격이 문제다. 가끔은 산책도 하고 바람도 쐬라고."

제2기사단장 세이라가 하품을 하며 말했다.

화려한 홍염검술로 유명한 여기사는 느긋하게 홍차를 홀짝였다.

"그래서 이 새벽에 날 불러낸 이유가 고작해야 인생 상담이었어, 기사 나리?"

"아니, 아니야."

레녹스는 망설이다가 말했다.

"세이라, 황실에서 뭔가 위험한 일이 벌어지고 있다."

"목소리 낮춰."

세이라가 찻잔에 스푼을 휘저었다.

레녹스는 등골이 섬뜩했다.

"누구나 알고 있어. 황실에 우리가 모르는 뭔가가 벌어지고 있다는 것. 하지만 절대, 그 어디에서도 발설해선 안 돼."

"어째서?"

"우린 죽을지도 몰라. 하지만, 아무도 우리가 죽었다는 사실을 모르겠지."

레녹스는 그 말을 곧바로 이해했다.

위험한 비밀에 황실 고위층이 연관되어 있다는 의미였다.

그들이 앉은 테라스로 미지근한 바람이 불어왔다.

그러나 얼음장처럼 차갑게만 느껴졌다.

레녹스는 한숨을 쉬며 주제를 바꾸었다.

"최근 검을 쥐기가 어려워진 건 그뿐만이 아니야. 임무 수행 중에 검의 극에 달한 자를 봤어."

"지금 네 눈앞에도 한 명 있잖아?"

"이봐, 농담이 아니야. 그 남자는 검의 극에 달한 자였어. 제대로 맞붙으면 헬킨 경도 승리를 장담할 수 없을 거다."

"흐음, 이름이 뭔데?"

"모른다. 여행자 출신이란 것만 알고 있을 뿐이지."

"여행자?"

세이라가 휘젓던 스푼을 멈췄다.

"거짓말. 여행자의 기초도 없는 검술이 대륙 기사단장을 이길 리가 있겠어?"

"나도 처음에는 믿지 않았지. 하지만 확실했어. 허황된 비유일지도 모르겠지만, 천 년을 넘게 칼만 다뤘다 해도 그 남자의 검술을 따라잡을 순 없을 거다."

"헬킨 경 앞에서 그딴 소리 한 번 지껄여 봐라. 어떤 욕을 먹을지 눈에 선하네."

그때 빠른 발걸음 소리가 들려왔다.

신참 단원 에릭이 헐레벌떡 테라스로 뛰어왔다.

"크, 큰일입니다! 단장님!"

"무슨 일인가?"

"보초병의 소식을 전달하러 왔습니다. 지금 황궁에 켄타우로스 세력이 쳐들어왔답니다! 현재 뒷문정원 쪽으로 진입 중입니다!"

"뒷문정원?"

두 기사단장은 서로를 바라보더니 픽 웃었다.

에릭이 안달복달하자 세이라가 넌지시 일렀다.

"신참 교육 좀 제대로 시켜라, 레녹스."

"미안하군."

"왜, 왜 그러시는 거죠?"

에릭이 의아해 물었다.

레녹스는 찻잔을 내려놓고 일어났다.

"뒷문정원은 이 시간마다 제1기사단장 헬킨 경이 밤 산책
을 하는 곳이다. 적어도 우리가 도착할 때까지는 그들의 목숨
이 붙어 있으면 좋겠군."

레오르칸 제국의 황제.

란포드 레오르칸.

강윤수가 황제를 죽이려는 이유는 간단했다.

'노망날 노인네는 일찍 죽이는 게 편하지.'

노망난 노인네라면 요양을 권해야 한다.

그러나 그 노인네가 대륙 최고의 권력자라면 이야기가 다
르다.

'황제는 오판(誤判)의 대가다.'

젊을 적 란포드 황제의 정치력은 출중했다. 대립하는 귀족들 사이에서 온전히 자신의 세력을 지켜냈으니까. 그러나 노쇠해 흐려진 판단력은 대륙의 존망을 갈라 버렸다.

'아직은 그런대로 괜찮은 정신력을 지니고 있지. 하지만 수년 후 황제는 나의 앞길을 가로막을 것이 분명하다.'

원래라면 황제 암살이라는 극단적 선택까진 가지 않았을 것이다. 하지만 마지막 삶인 만큼 모든 선택지를 최상으로 골라야 했다.

그래서 강윤수는 오늘 밤 황제를 암살할 예정이었다.

'어찌 보면 지금 죽는 것이 황제 자신에게도 다행일 수 있다.'

그러나 대상은 황궁의 최고 권력자인 황제였다. 엄중한 황궁의 경비를 고작 셋이서 뚫고 황제를 암살한다?

누가 봐도 불가능한 일이다.

그러나 강윤수는 자신이 있었다. 예전에도 해봤으니까.

'이 시간대면 슬슬 나타날 때가 됐군.'

강윤수는 어두워진 황궁 주변을 바라봤다.

시간이 흐르자 공간이 잠시간 비틀어졌다.

달빛 아래 검은 로브를 입은 수백의 무리가 순간이동 되어 나타났다.

"저들은 무엇을 하는 자들이니?"

"쉿."

강윤수는 그들을 조용히 주시했다.

덩치 큰 자가 음침한 목소리로 외쳤다.

"드디어 금일, 일곱 번째 달무리가 지는 날. 우리들의 오랜 준비가 결실을 맺는다."

낮은 함성이 이어졌다. 낯선 무리는 시커먼 로브를 벗고 각자의 무기를 들었다.

다그닥! 다그닥!

거친 말발굽 소리가 일었다.

그들의 정체는 다름 아닌 켄타우로스들.

평범한 켄타우로스와 달리 눈동자가 시커멓고 푸르죽죽한 피부를 지니고 있었다.

유시도는 시큰둥한 눈길로 입맛을 다셨다.

"라우켈 숲의 켄타우로스들이군. 히로뽕보다 흑마법을 탐내는 놈들이 여긴 뭐하러 왔담?"

라우켈 숲의 켄타우로스는 강한 완력과 민첩성을 겸비한 이종족이다.

우두머리 켄타우로스가 흥분한 목소리로 외쳤다.

"인간들은 우리들의 숲을 부숴 버렸고, 터전을 밟아버렸다. 오늘 우리는 사라진 숲에 대한 분노를 어김없이 보여줄 것이다. 황궁을 부숨으로써!"

켄타우로스 부대가 칠흑을 휘감은 활과 창을 들며 동조

했다.

강윤수는 묵묵히 고개를 끄덕였다.

'계속 지금처럼 이목을 끌어라.'

황궁은 일개 경비병이라도 막강한 전투력을 갖추고 있다.

경비가 삼엄한 황궁에 침투하기 위해선 켄타우로스들의 습격에 편승해야 했다.

'그 대신 싸움에 잘못 휘말리면 바로 죽는다.'

무사히 살아남아 황제를 암살하기 위해선 비책이 필요했다.

강윤수는 배낭에서 낡은 책 한 권을 꺼내 쥐었다.

'최후의 네크로맨서 나크론이 직접 서술한 조합서.'

전설 의뢰 도중 보상으로 획득한 아이템.

평범한 네크로맨서는 꿈도 못 꿀 고위 언데드의 조합법이 담긴 서적이다.

그는 페이지를 빠르게 넘겼다.

빅 스켈레톤, 트윈헤드 좀비, 네크로 와이번 등 살벌한 언데드의 조합법이 표기되어 있었다.

강윤수는 마지막에서 두 번째 페이지를 펼쳤다.

[해골리치 조합법]

리치.

뼛속 깊이 사악한 불사의 존재.

스켈레톤이나 좀비처럼 일반 언데드와는 차원을 달리하는 최상급 몬스터다.

최상위 유적에서도 만나기 힘든 고위급 보스.

강윤수는 나크론의 조합서를 이용해 리치를 창조할 생각이었다.

'최후의 네크로맨서로 살았던 삶에선 나 자신이 리치가 되었지. 하지만 지금은 그럴 수 없어. 그러니 이것으로 대체한다.'

강윤수는 리치에 관한 항목을 탐독했다.

「아래는 건방지게 내 조합서를 훑어본 그대를 위한 경고문이다.

우수한 리치를 만들기 위해선 대마법사의 시체를 사용하는 것이 가장 간편하다. 그러지 않으면 제작한 리치의 머리가 크게 나빠진다. 제 이름도 분간 못 하는 멍청한 리치가 탄생하는 것이다. 젠장. 멍청한 리치라니. 정말 끔찍하군.

명심하라. 리치를 만들어내는 것은 명백한 자살행위다. 악독한 리치는 그대부터 죽이려 들 것이다. 그러므로 리치를 만드는 것보다 리치가 되는 길을 추천한다. 아니면 좀 더 쉬운 방법으로 죽던가.」

'대마법사의 시체는 당장 구할 길이 없군. 생략한다.'

유시도와 합심해 황실마법사를 죽일까도 생각했다.

그러나 황제를 암살하는 것만으로도 오늘 하루가 다 갈 것이다. 또한, 기껏 만들어낸 리치가 자신에게 반역할 가능성도 있었다.

강윤수는 구성에 필요한 재료를 탐독했다.

「뛰어난 효력의 마법석.

한이 서린 유품 200가지 이상.

우수한 종족의 뼈다귀 300여 개.

계약자의 피 마법진.」

리치를 만드는 데 필요한 기본 재료는 지나온 삶을 통해 알고 있었다.

그러나 이때까지 리치를 만들어 본 적은 단 한 번도 없었다.

'본드래곤처럼 크고 강력한 몬스터를 소환하는 것도 나쁘진 않지만, 이곳은 황궁 앞이다. 대규모 전투를 일으켰다간 지명 수배로 끝나진 않지.'

황궁 자체를 멸망시키는 것도 나쁘지 않다. 그러나 지금으로선 시간 낭비였다. 불필요한 과정은 생략하고 최대한 신속히 성장한다.

지금이 마지막 삶이기 때문에.

강윤수는 손등을 찔러 피를 흘려냈다. 그는 자신의 피로 가늘고 커다란 마법진을 그리기 시작했다.

"뭐야? 갑자기 오컬트에 심취하기라도 한 거야?"

유시도가 지루한 듯 하품을 하며 물었다.

강윤수는 마법진을 완성하고 그 위에 필요한 재료를 올렸다.

'이곳에 오기 전 화석룡 스켈트로돈을 사냥하길 잘했군.'

고대용의 뼈를 무더기로 쌓았다.

한이 서린 유품도 빠질 수 없었다.

'칼십자 산적단을 죽이고 빼앗은 아이템들.'

강윤수는 각종 장비 아이템들을 아낌없이 올렸다.

최종적으로 보랏빛으로 빛나는 마법석을 꺼냈다.

'지고한 진혼석.'

적색바위 발굴지의 고대석을 깎아 만든 마법석.

마법진 위에 지고한 진혼석을 올려 두자 마법진이 진동하기 시작했다.

"깊숙한 심연 속의 현자여, 나의 부름에 답하여 새로운 생명을 빚어내라."

강윤수가 주문을 외우자 재료들이 달그락거리며 뭉쳐졌다.

정령창조 때와는 달리 깊고 사악한 어둠이 느껴졌다.

「지고한 진혼석이 리치의 중심점을 구성합니다. 생명그릇이 빚어집니다.

뼈의 보존성이 형편없습니다. 리치의 몸집이 작아집니다.

악한들의 유품을 재료로 활용했습니다. 리치의 흑마법이 강력해집니다.

대마법사의 유골을 사용하지 않아 리치의 지식이 크게 줄어듭니다.」

「뛰어난 네크로맨서의 업적!

다중시체부활의 스킬 레벨이 하나 오릅니다.」

조용한 어둠 속에서 하나의 언데드가 탄생했다.

바로 땅딸막한 해골이었다.

"……."

거의 고블린, 드워프만큼이나 작은 체구의 난쟁이 해골.

리치 특유의 붉은 로브와 뼈 지팡이를 들고 있지 않았더라면, 그냥 스켈레톤으로 착각했을 몰골이었다.

꼬마 리치가 턱을 달칵이며 말했다.

"나는 무척 나쁘다."

리치는 작고 밝은 그릇을 가지고 있었다.

리치의 생명력을 담아둔 생명그릇.

기본적으로 리치는 불사의 존재이나, 저 생명그릇이 파괴되면 바로 죽고 만다.

강윤수는 자연스러운 손놀림으로 생명그릇을 빼앗았다.

"가져가지 마라. 그거 내 꺼다."

꼬마 리치가 불만스러운 목소리로 항의했다.

"싫어."

"너, 무척 나쁘다."

"널 만든 사람이니 당연히 너보다 나쁘지."

"그런 건가?"

"그런 거야."

"넌 천재다."

꼬마 리치가 감탄했다.

확실히 대마법사의 시체를 쓰지 않아서인지 지능이 무척 떨어졌다. 하지만 그 덕분에 리치가 반역을 꾀할 걱정도 없었다.

"내가 널 만든 주인이다. 네가 가진 힘을 써봐."

꼬마 리치는 숲의 나무 한 그루를 만졌다. 그러자 멀쩡하던 나무가 순식간에 뿌리까지 말라비틀어졌다.

'이 정도면 충분하군.'

강윤수는 고개를 끄덕였다.

지금은 확실히 일반 리치에 비해 약한 몸뚱이를 지녔다.

그러나 잘 성장시키면 앞으로 언데드 대군을 이끌 만큼 위압적인 언데드가 될 것이다.

"정말 귀엽구나. 나는 네가 마음에 든단다."

의외로 아이리스가 꼬마 리치에게 관심을 가졌다.

그녀는 리치의 작은 두개골을 쓰다듬었다. 그러자 꼬마 리치도 자연스레 아이리스의 손길을 받아들였다.

"나도 네가 좋다. 넌 주인이랑 달리 착해 보인다."

"뭔 리치가 저래? 언데드라면 당연히 살육을 즐겨야지. 내가 좀 가르쳐 줄까? 응?"

유시도가 몸이 근질거린다는 듯 졸랐다.

강윤수는 그를 무시하고 생명그릇을 흔들어 보였다.

"네 생명그릇은 내가 가지고 있다. 네가 내 명령에 따르지 않으면, 난 언제든 너를 죽일 수 있다."

"굳이 그러지 않아도 난 주인의 명령을 따를 거다. 생명그릇은 돌려줘라."

"싫어."

"어째서 말인가?"

"나는 나쁘잖아."

"과연 주인은 머리가 좋다."

강윤수는 저편의 켄타우로스 부대를 가리켰다.

"저들이 죽을 때를 노려 합류해. 그리고 상대와 싸우며 시간과 이목을 끌어라."

"알았다."

꼬마 리치는 어둠 저편으로 사라졌다.

강윤수는 그럼에도 마음을 놓지 않았다.

'제1기사단장 헬킨은 지금 대적할 수 없는 강자다.'

그는 토끼 가면을 썼다.

노기사는 잠을 자지 않는다.

몸을 휴식할 필요성을 느끼지 못하기 때문이다. 태어났을 때부터 지금까지 늘 그래왔다.

어느 날 열의에 찬 견습기사가 물었다.

"어떻게 하면 헬킨 경처럼 위대한 기사가 될 수 있나요? 저는 제 인생을 검에 바칠 겁니다."

"진정 검에 모든 걸 바칠 생각이라면 고추부터 자르게."

노기사는 칼날을 예리하게 세웠다.

"치명적인 약점이 사라지는 동시에 사사로운 잡념까지 잊은 채 검에 집중할 수 있지. 뭣하면 내가 지금 잘라줄 수도 있네만."

그날 그 견습기사는 울면서 달아났다.

그 후 '황실 제1기사단장은 정말 고자인가'는 황궁의 가장 열띤 이야깃거리가 되었다. 물론 그 오명은 노기사와 함께 욕탕을 다녀온 기사단원들의 첨언으로 씻어졌다. 그러나 이는 노기사의 우직하고 고집스러운 성품을 잘 말해주는 예시가 되었다.

"할아부지."

"왜 그러느냐."

"말이 달려와."

헬킨은 고민했다.

일곱 살배기 손자에게 켄타우로스가 말이 아님을 어떻게 설명해 주는 것이 옳을까.

"저건 말이 아니다. 켄타우로스야."

"켄타우로스가 말 아니야?"

"상반신은 인간 아니더냐."

"켄타우로스는 그럼 왜 인간하고 말이랑 섞였어?"

"태초에 인간과 말이 섹스를 했기 때문이란다."

어린 손자는 충격받은 표정을 지었다.

헬킨은 자신이 말실수를 했음을 깨달았다.

"아마 말의 합법적 동의는 없었겠지. 강간이라고 하는 편이 좋겠구나."

손자의 얼굴은 새하얗게 질려 버렸다. 헬킨은 짙은 후회에 잠겨 자신의 혓바닥을 잘라내고 싶어졌다.

"전언을 하러 왔다!"

앞서 달려온 켄타우로스 하나가 외쳤다.

켄타우로스는 차가운 눈빛으로 헬킨을 바라봤다.

"그대가 인간 중 최강의 기사라 불리는 헬킨인가?"

"그건 남들이 멋대로 붙인 칭호다."

"정말 헬킨이 맞군. 그럼 소문대로 강대한 대군조차 전멸시키는 검술을 지녔겠지?"

"글쎄, 수간으로 탄생한 눈앞의 존재를 즉사시킬 정도의 검술은 갖추고 있지."

헬킨은 칼자루에 손을 척 갖다 대었다.

수간으로 탄생한 존재라고 말하는 것은 켄타우로스 전체에 대한 모욕이었다. 그러나 켄타우로스는 오히려 비웃음을 머금었다.

"확실히 헬킨다운 여유를 지녔군. 지금 당장 강함을 겨루고 싶지만 참겠다. 곧 있으면 우리의 군세가 황궁을 점령할 것이다. 가능하면 불필요한 살상은 피하고 싶다. 지금 이곳에서 벗어나 인간들에게 이 사실을 알려라."

"호오. 꽤 자신이 있나 보군?"

"애당초 너흰 연약한 인간이다. 우리는 만반의 준비를 했고, 너희에겐 죽음만이 기다리고 있을 뿐이지."

헬킨은 간극을 가늠했다.

켄타우로스 배꼽 언저리에 인간과 말의 경계선이 보였다.

그것을 갈라냈다.

"어……?"

검이 뽑히는 광경조차 보지 못했다.

켄타우로스는 몸이 두 쪽으로 절단이 나 사망했다.

피가 사방으로 잔뜩 튀었다.

"나, 나 도서관 갈래!"

손자는 황급히 도망쳐 버렸다.

헬킨은 하얗게 센 머리를 긁적이다가 한숨을 쉬었다.

'적군 수백을 척살하는 것보다 손주 웃음 한 번 보는 게 더 힘들군.'

다그닥! 다그닥! 다그닥!

멀리서 창과 활을 든 켄타우로스 수백 명이 돌격해 왔다.

대지가 울릴 정도로 거친 진군.

헬킨은 천천히 걸어갔다. 그의 앞으로 무기가 거세게 날아들었다.

노기사가 검을 휘두르는 순간, 너덧 대의 화살이 꺾이고, 세 개의 창이 부러졌으며, 일곱 명의 켄타우로스가 즉사했다.

강윤수, 유시도, 아이리스는 예상외로 죽이 잘 맞았다. 황궁의 시선이 모조리 켄타우로스 침입에 쏠린 틈을 타 세 사람은 황궁 정원으로 침입했다.

그때 운 나쁜 경비병 하나가 그들과 마주치고 말았다. 유시도는 맨몸에 불과한데도 경비병을 제압하고 목에 팔을 둘렀다.

그는 경비병의 귓가에 대고 차게 속삭였다.

"질문이다. 사과파이와 애플파이 중에 더 맛있는 건?"

"뭐, 뭐?"

"제대로 대답해. 그게 네 생사를 가를 거야."

"사, 사과파이?"

"젠장! 또 내가 무의미한 살육을 하게 만드는군! 누가 봐도 정답은 설탕이잖아!"

콰직─!

유시도는 경비병의 목을 비틀어버렸다.

아이리스는 순수하게 말했다.

"유시도는 미쳤구나."

강윤수는 숨이 가늘어진 경비병의 목을 제자리로 꺾었다.

그리고 그의 입속으로 치유포션을 흘려냈다.

유시도는 천사 가면 안에서 불만 가득한 표정을 지었다.

"왜 살려주는 거야?"

"시체를 남기면 흔적이 많아져."

"초보자 같으니라고. 그럼 시체를 뭉개거나 갈아버리면 되잖아. 그딴 걸 걱정하면 큰일 못 해!"

강윤수는 그의 말을 무시하고 걸어갔다.

유시도는 투덜대며 경비병의 옷과 검을 빼앗아 착용했다.

"여길 오르자."

그들은 황궁의 벽을 타고 올랐다. 희한하게도 벽을 타고 오르는 과정에서 누구도 도움을 요청하지 않았다.

강윤수는 애초에 벽타기에 능숙했고, 유시도는 위험천만한 장난까지 해대며 여유롭게 벽을 탔으며, 아이리스는 괴력으로 손가락으로 벽을 파내며 올라갔다.

"흐음. 이거 의외로 우리 호흡이 괜찮은데? 혹시 너희 내 클랜으로 들어올 생각 없어?"

"거기엔 맛있는 음식이 있느냐?"

"가끔가다 인육을 즐기는 녀석들이 있긴 해."

"……그럼 가고 싶지 않구나."

그들은 창문을 깨부수고 황궁 안으로 침입했다. 유리 깨지는 소리가 제법 컸지만, 다행히도 복도를 걷는 사람은 없었다.

강윤수는 앞장서 걸었다.

"황제를 암살하는 일은 재밌으니 좋아. 하지만 황제의 처소에 어떻게 침입할 거야? 여기부터는 사람들 눈을 피해 잠입할 수 있는 구조가 아닌데."

유시도가 말하자마자 강윤수는 막다른 벽에 다다랐다. 그는 벽에 대고 발을 두 번 치고, 손등으로 다섯 번 두드렸다.

그러자 석벽이 갈라지며 비밀 통로가 열렸다.

유시도는 기괴한 웃음을 흘렸다.

"반하겠군, 정말."

7장
처소

황궁의 비밀 통로는 음산했다.

엷은 틈 사이로 황궁의 비밀스러운 장소를 엿볼 수 있었다.

고위 집무실, 봉쇄서고, 마법으로 봉인된 기밀창고, 황족전용 욕탕을 차례로 스쳐 갔다.

"황궁의 중요한 곳이랑은 모조리 연결됐군. 반역자랑 첩자들이 딱 좋아할 장소겠어. 이런 곳을 누가 만들었담?"

"반역자이자 첩자인 사람."

"정말?"

"황실 내에도 반란자는 존재해."

통로가 서너 개로 갈라질 때마다 강윤수는 곧바로 선택해 걸어갔다.

피비린내 풍기는 고문실을 지나치며 유시도가 물었다.

"그런데 넌 그걸 어떻게 알아?"

"네가 알아서 뭐하게."

"와우! 나한테 이렇게 매몰차게 대한 건 네가 두 번째야. 첫 번째는 한세현이었지."

유시도는 뭐가 그리 좋은지 키득키득 웃었다.

강윤수는 계속 걸으며 생각했다.

'일단 황제를 암살한 뒤, 아이리스를 만든 연금술사를 찾아가야겠군.'

자신의 회귀를 아는 존재, 흰 그림자. 아이리스 안에 있는 흰 그림자의 정체를 파악해야만 했다.

강윤수가 물었다.

"시간이 꽤 흘렀는데, 흰 그림자는 아무 말 없었나?"

"원래 흰 그림자는 말이 없단다. 강윤수를 처음 만났을 때만 이례적으로 많은 말을 쏟아냈지."

흰 그림자는 대체 무엇일까? 그 의문도 조금 뒤면 풀리게 될 것이다.

세 사람은 경사진 통로를 걸어갔다. 제법 걷고 나자 직사각형의 엷은 타일이 보였다. 타일을 걷어내니 커다랗고 화려한 방이 내려다보였다.

"여기가 황제의 처소군."

유시도가 흥분됐는지 입맛을 다셨다. 강윤수는 고풍스러운 장식물이 놓인 방을 살폈다. 풍채가 거대한 장년이 커다란 침대에서 자고 있었다.

아이리스는 호기심 있는 눈동자로 그를 바라봤다.

"저자가 제국의 황제. 내가 베낀 황녀의 아버지구나."

유시도가 격앙된 목소리로 속삭였다.

"어떻게 죽일 거야? 자는 김에 찔러서? 아니면 깨운 뒤에 온갖 굴욕을 먹여주고? 후우, 씨발! 이 대륙에서 가장 권위 높은 놈을 죽일 생각을 하니 흥분돼서 참을 수가 없잖아."

"독살할 거야."

"뭐?"

유시도는 실망한 기색이 만연했다.

"그렇게 시시하게 끝내려고 여기까지 온 거야?"

"가장 흔적을 남기지 않는 살인 방법이니까."

황제의 처소에는 보안마법이 존재한다.

정문으로 들어가지 않으면, 곧바로 경보음이 울린다.

그는 눈을 가늘게 좁혔다.

"그렇게 재미없는 살인을 위해 널 따라온 게 아닌데?"

강윤수는 유시도를 물끄러미 바라봤다. 뛰어난 암살 실력을 갖추었으나, 돌이켜 보면 광인답게 그가 배신한 경우도 적지 않았다.

그러므로 그가 질리지 않도록 흥밋거리를 유발시켜 줘야만 했다.

"웃다 미쳐 죽는 독을 쓸 거야."

"웃다 미쳐 죽는 독?"

유시도는 금세 흥미로워하는 기색이었다.

"그런 독을 가져왔단 말이야?"

"아니."

"그럼 어떻게 황제를 독살할 건데?"

"여기서 챙겨야지."

강윤수는 앞쪽으로 조금 걸어갔다.

한 출구로 나오자 황실의 화원이 나왔다. 투명한 비닐 장벽 아래로 깨끗한 달빛이 쏟아졌다.

"꽃이 아주 많구나. 기분이 좋아지는 곳이야. 난 이 장소가 마음에 드는구나."

아이리스가 향긋한 꽃내음을 맡으며 싱긋 웃었다.

갖가지 희귀하고 보기 어려운 식물이 널려 있었다.

유시도는 붉은 꽃 한 송이를 뽑으며 쾌재를 불렀다.

"이건 흡혈초군! 마약의 재료로 이것의 뿌리보다 훌륭한 것이 없지."

강윤수는 수많은 식물을 지나쳐 우거진 중앙으로 향했다. 연금술이나 물약의 재료가 되는 희귀한 품종도 모조리 무시했다.

화원 중앙에 보랏빛으로 빛나는 거대한 꽃이 보였다.

'미치광이 꽃.'

강윤수는 능숙한 손놀림으로 꽃잎을 따 챙겼다.

그때 우거진 식물 너머로 여인의 목소리가 들려왔다.

"거기 누구니?"

한 여자가 저편에서 나왔다.

달빛이 쏟아져 내렸고, 그녀의 황홀한 금발이 빛났다.

고귀하고 정초한 미녀.

"아……."

아이리스는 그녀를 바라봤다. 그녀도 아이리스를 바라봤다. 어느 것 하나 다른 것 없는 두 여인이 서로를 바라봤다.

"……나와, 나와 똑같이 생겼어."

"그렇구나. 우린 서로 같아."

아이리스가 묘한 눈빛을 보냈다.

유시도는 아이리스의 어깨에 손을 짚은 뒤 여자를 가리켰다.

"뭐야, 이 갑작스러운 상황은. 그럼 그쪽이 진짜 황녀인가?"

"저라는 존재의 진위 여부를 가릴 필요는 없겠지요."

확실했다.

눈앞에 있는 여인이 제국의 황녀.

키시프란 레오르칸이었다.

"당신들은 누구기에 나의 화원에 들어왔나요? 기기다가 저와 똑같이 생기신 저분은 누구시죠?"

강윤수와 유시도는 아직 가면을 쓰고 있었다.

키시프란은 그들이 유쾌한 목적으로 황궁에 침입한 것이

아님을 깨달았다.

"당신 같은 자들에게 황궁 출입 허가가 났을 리 없어요. 당신들은 무슨 목적으로 황궁에 들어왔죠?"

"네 아버지를 죽이려고."

키시프란은 잠시 침묵했다가 말했다.

"잘됐군요. 안내가 필요하신가요?"

"아니."

"분투를 빌도록 하죠."

유시도는 킬킬 웃었다.

"반응 재밌네. 황녀도 우리처럼 미친 사람이야?"

"아뇨, 적어도 내 앞에 있는 암살자들에게 어떻게 대처해야 할지는 알고 있답니다."

키시프란은 떨리는 미소를 지었다.

강윤수가 황녀의 목에 칼날을 들이밀었다.

"벗어."

켄타우로스 열댓 명이 헬킨의 검에 휩쓸려 목숨을 잃었다.

그리고 동시에 살아났다.

"이게 어떻게 된 일이지?"

뒤늦게 뒷문정원에 도착한 레녹스가 어이없는 표정을 지

었다.

세이라는 검의 자루를 눌러 칼날에 기름칠을 했다.

"보면 모르겠어? 죽는 족족 언데드로 되살아나고 있잖아."

"그냥 살아나는 것만이 아니다. 전보다 훨씬 강해지고 있군. 흑마법을 사용하는 자가 배후에 있다."

레녹스는 검을 뽑으며 소리쳤다.

"지금 즉시 헬킨 경을 돕는다!"

기사단원과 병사들이 일제히 검을 뽑으며 정원의 참상에 참전했다.

세이라는 기름칠한 검을 돌바닥에 대고 휘둘렀다.

불가루가 튀며 검신에 화려한 불길이 차올랐다.

"화장(火葬)은 썩 내키지 않지만 어쩔 수 없네."

"황제 폐하께서 아끼시는 식물을 태우지 않도록 조심해."

"으, 제발! 그 말이 농담이길 바랄게. 고지식한 기사 나으리."

황실기사들이 합세하자 켄타우로스가 빠르게 처치되어 갔다. 그러나 켄타우로스들의 사기는 꺾이지 않았다.

"흑마법의 절대자 리치께서 우리와 함께하신다!"

"사악한 힘을 빌려 황궁을 면망시키자!"

후열에 있던 꼬마 리치는 난감한 입장에 몰렸다.

'울고 싶다.'

꼬마 리치에게 일반 리치의 강대한 권능은 없다.

솔직히 헬킨이란 기사 하나만을 상대하는 것만으로도 벅 찼다.

이대론 되살린 언데드들마저 전멸하고 만다.

'방금 태어난 나한테는 너무 어려운 임무였다.'

꼬마 리치는 자신에게 힘든 임무를 준 주인이 원망스러웠 다. 그러나 순박한 리치(?)답게 곧 고개를 저었다.

'다 내 능력이 부족해서 일어난 일이다. 주인을 탓할 일이 아니다.'

전방의 켄타우로스 부대가 전멸했다.

꼬마 리치는 짤막한 지팡이를 휘둘렀다. 광폭화 마법이 시 전 되어 2열의 켄타우로스들이 미친 말처럼 돌진했다.

'나는 울고 싶다. 그런데 해골은 왜 울 수 없는가.'

꼬마 리치는 울적해졌다.

헬킨이 미친 켄타우로스 너덧 명을 베어버린 뒤 높이 뛰었 다. 노기사의 매서운 눈초리는 후열에 숨어 있던 리치를 단번 에 찾아냈다.

"네놈이 배후군!"

"으억!"

헬킨의 매서운 검 놀림이 리치의 몸을 베었다.

뼈가 바스러질 정도로 막강한 충격. 그러나 꼬마 리치는 뼈 에 약간 금이 갔을 뿐, 죽지 않았다.

'새, 생명그릇이 주인에게 있어 다행이다.'

리치는 생명그릇이 깨지지 않으면 목숨만은 살아 있다.

물론 온몸이 가루가 될 정도로 갈리면 재기 불능이 되겠지만.

"안개장막!"

꼬마 리치의 지팡이에서 새카만 연기가 뿜어져 나왔다.

헬킨은 재빠르게 검을 휘둘렀으나 리치는 이미 사라진 뒤였다.

"쥐새끼 같은 자식."

헬킨은 입술을 씹더니 몸을 돌렸다.

"세이라 경! 레녹스 경! 여긴 자네들에게 맡기겠다."

"헬킨 경, 그게 무슨 말씀입니까?"

세이라가 묻자 헬킨 경은 냉담히 말했다.

"모르겠나? 저 허접한 리치는 시간을 끌려는 수작에 불과해. 일부러 전투를 질질 끄는 쪽으로 유도하더군. 아마 진짜 배후는 따로 있겠지."

"짐작 가는 구석이라도 있으십니까?"

"몇 군데 있네. 그럼 다녀오지."

그때 레녹스가 소리쳤다.

"헬킨 경! 저도 함께하겠습니다."

"굳이 자네까지 동원할 필요는 없네."

그러자 세이라가 고개를 가로저었다.

"아니요, 데려가십시오. 레녹스라면 도움이 될 것입니다.

이곳은 저 혼자서도 충분합니다."

"알았네."

두 기사는 황궁으로 접근했다.

헬킨은 가볍게 훑어보더니 레녹스의 시야로는 보이지도 않는 곳을 가리켰다.

"저곳에 깨진 창가가 있군."

황제의 처소 앞에는 두 명의 근위병이 서 있다.

이야기에서 보초병이라면 뒤통수 맞아 쓰러지는 것이 일상다반사지만, 이들만은 예외였다.

제국군 중에서도 강한 실력을 갖춘 자만이 황제의 처소를 지킬 권리를 얻는다.

"무슨 일이십니까?"

"아버지께 긴히 드릴 말씀이 있단다."

키시프란 황녀는 온화한 태도로 말했다.

근위병이 의아한 표정을 지었다.

"뒤에 두 남자는 무슨 볼일인지요?"

"나의 호위 기사란다."

두 근위병은 서로를 마주 보더니 눈살을 찌푸렸다.

"제아무리 황녀 전하일지라도 이 시간에 황제 폐하의 처소를 드나들 수는 없습니다. 더군다나 호위까지 대동하다니요."

"어떻게든 할 수 없겠느냐?"

키시프란 황녀가 슬픈 표정을 지었다.

그러자 근위병들은 도리어 당황했다.

평소 황녀 전하는 저렇게 슬퍼하는 얼굴을 비친 적이 없었다.

"듣자 하니 너무하는군."

뒤에 서 있던 무심한 인상의 남자가 나섰다.

척 봐도 드높은 귀족의 오만함이 흐르는 자였다.

"제국을 건국한 횡족의 핏줄 앞에서 법도와 규율을 논하다니. 그게 어디 말이나 되는 일인가?"

"이곳은 황제의 처소 앞입니다. 암살 및 납치를 방지하고자 정한 규율은 황족도 어기지 말라는 황제 폐하의 엄명을 모르시지 않을 텐데요."

"그렇다면 더더욱 비켜라. 오늘 그 황제 폐하께서 자칫하면 위험에 빠지실지도 모르니."

"예? 그게 무슨 말씀이십니까?"

근위병이 놀란 표정을 지었다.

무심한 인상의 남자는 한숨을 쉬더니 낮게 속삭였다.

"이건 황실의 엄중한 기밀 사항이네. 그러니 어디 가서 내가 발설했다고 말하지도 말게. 사실은 오늘 아침 황궁 앞으로 편지가 한 통 도착했지. 오늘 낮 황제 폐하의 목숨을 빼앗겠다는 협박 쪽지가 말이야. 발신자는 당연히 표시되어 있지 않았지만, 우리는 그 빌어먹을 여행자 놈들이 아닐까 추측하고 있지."

"그, 그렇군요."

"알았으면 당장 비키도록. 일분일초가 아쉬우니."

근위병들은 고민하다가 길을 터주었다.

황녀 전하까지 함께 대동했는데, 무슨 일이야 있겠는가.

세 사람은 황제의 처소로 들어갔다.

"저 무표정한 남자, 뭐 하는 사람이지? 처음 보는 얼굴인데."

"모르겠어. 하지만 직책이 대단히 높을 거야. 저렇게 뼛속까지 귀족스러운 사람은 정말 오랜만에 본다."

"나이도 젊은데 황녀의 호위 기사라니. 정말 대단하군. 최소 후작가의 자제겠지."

"우리랑은 사는 세상이 다르구나."

두 근위병은 한숨을 쉬곤 경비에 몰두했다.

키시프란 황녀와 두 호위 기사는 황제의 처소에 들어왔다.

황제가 잠든 침실은 저 너머였다.

세 사람은 연기를 그만두었다.

"팔목 아파. 억지로 단말기 숨기느라 혼났네."

유시도는 소매에 구겨 넣은 단말기를 뺐다.

여행자는 단말기를 벗을 수 없기에 소매 속에 억지로 감출 수밖에 없었다.

"키시프란에게 미안하구나."

아이리스는 옷자락을 손가락 끝으로 집었다.

키시프란 황녀의 예복은 수수하면서도 고풍스러웠다.

"네 옷을 대신 입혔으니 걱정하지 마."

"그래도 될까?"

"그럼 물론이고말고. 입은 틀어막았고, 팔다리는 밧줄로 꽁꽁 묶여 있지만 말이야."

유시도가 킥킥대며 말했다.

그들은 키시프란 황녀를 묶어 화원의 구석에 숨겨 두었다. 황실에 발각되면 그 즉시 사형이다.

"안 들키면 그만이지. 황녀가 우리 얼굴을 못 봐서 다행이네."

유시도는 천사 가면을 도로 썼다.

강윤수도 말없이 가면을 착용하고 발걸음을 옮겼다. 침실로 가자 잠이 든 황제가 보였다. 황제는 그야말로 권력자에 어울리는 장대한 기골이었다.

"황제가 잠이 들었는데, 어떻게 독을 먹일 거야?"

유시도가 속삭이자 강윤수는 고개를 가로저었다.

"이자는 황제가 아니야."

"뭐라고?"

"대역이지."

유시도는 희끗희끗한 머리칼의 장년을 바라봤다.

숨은 고르게 쉬고 있었지만 생김새가 묘하게 어색했다.

잠든 황제에게는 그늘이 없었다.

"이거 환영이잖아?"

"건드리면 보안마법이 작동하지."

유시도는 자신이 속았다는 것이 불쾌한지 가운뎃손가락을 콱콱 씹었다.

"대역을 처소에 만들어 둔다고? 뭔 황제가 그래?"

"황제의 목숨을 노리는 암살자가 우리뿐만이 아니니까."

유시도는 의아한 기색을 보였다.

"그럼 진짜 황제는 어디 있는데?"

"여기."

강윤수는 화려한 옷장을 가리켰다.

두 사람은 고개를 갸웃거렸다.

그는 몸소 옷장으로 가 덧창을 열어젖혔다. 화려한 연미복, 예복 따위가 가득했다.

"옷 한번 많네. 설마 여기도 옷장 너머에 숨겨진 공간이 있고 그런 건 아니지?"

"맞아."

"망할, 식상해. 이게 무슨 나니아 연대기야?"

유시도가 질색하는 목소리를 냈다.

강윤수는 옷더미 사이에서 작은 홈을 발견했다.

열쇠 구멍이었다.

"자물쇠 해제하면 또 나지!"

유시도가 소매를 걷으며 나섰다.

그러나 강윤수는 고개를 가로저었다.

"이 벽장을 열기 위해선 황족의 핏방울이 필요해."

"뭐? 그럼 못 열잖아."

강윤수는 턱 끝으로 아이리스를 가리켰다.

유시도는 손뼉을 딱 쳤다.

"그런 수가 있었군."

유시도는 팔뚝에 박힌 붉은 보석을 깨물었다. 그러자 그의 머리칼이 새하얗게 물들고 송곳니가 날카로워졌다.

유시도는 갑자기 아이리스의 손목을 잡더니 콱 물었다.

"음, 맛있는데?"

아이리스는 놀란 눈동자로 그를 바라봤다.

"유시도는 종족을 자유롭게 바꾸는구나."

"그게 내 직업특성이야. 특수한 보석을 신체에 박아 종족 특성을 베낄 수 있지. 아아, 미녀의 피는 너무 맛있어."

"그런데 언제까지 내 피를 마실 거니?"

"흐응, 내 발기가 풀릴 때까지?"

"그게 무엇이니?"

"그것도 몰라? 그게 뭐냐면……."

콰직!

유시도는 송곳니 두 개가 모조리 박살 날 뻔한 위기를 모면했다.

아이리스는 손아귀로 붉어진 뺨을 감쌌다.

"……맙소사. 정말, 정말로 부끄럽구나. 얼굴이 마구 뜨거워져. 도저히 고개를 못 들겠구나."

"헤에, 고작 그것 가지고?"

"거기까지만 해."

강윤수가 중재했다.

그녀는 피가 흐르는 손등을 내밀었다.

"강윤수, 이제 어떻게 하면 되느냐?"

"핏물이 묻은 손가락을 구멍에 넣어."

아이리스는 검지에 피를 묻혀 열쇠 구멍에 넣었다. 크기가 맞지 않음에도 톱니바퀴 구르는 소리가 작게 울렸다.

넓은 옷장 너머가 열리며 새로운 공간이 드러났다.

"오래된 책의 냄새가 나는구나."

그곳은 서재였다.

좁은 길 사이로 각양각색의 서적과 양피지가 널려 있었다.

유시도는 바닥에 굴러다니는 낡은 서적 한 권을 주웠다.

"이건 로그마스터 전당에 관련된 책이잖아?"

「선대 로그마스터 전당에 관한 단서를 손에 넣었습니다.

대륙에 흩어진 지도 조각 77개를 모으면 로그마스터가 남긴 시련을 시작할 수 있습니다.

범죄 지수 500을 초과해 부가적인 보상을 손에 넣을 자격을 얻었습니다.」

"여기 있는 것들은 보통 책들이 아니군. 모두 다 귀한 정보가 담겨 있어. 대륙 정세를 휘두르는 데 이곳만 한 곳도 없겠지. 좋아! 여길 태워 버리자!"

두 사람은 유시도의 미친 발언을 묵살했다.

강윤수는 서재의 깊숙한 곳으로 들어갔다.

어두운 공간 너머로 희미한 램프 불빛이 보였다.

누군가의 지친 목소리가 들려왔다.

"아직 회의는 시작되지도 않았을 텐데. 날 조금이라도 쉬게 할 수 없나?"

조금 더 깊숙이 들어가자 램프의 불빛이 거세졌다.

한 장년이 탁상에서 업무를 처리하고 있었다. 침대에 누워 있던 황제와 똑같은 외모였다. 그러나 눈가에 짙게 끼인 음영과 홀쭉해진 뺨 탓에 훨씬 초췌해 보였다.

장년은 아이리스를 힐끗 보더니 글을 계속 써 내려가며 말했다.

"키시프란, 아비를 피곤하게 만들지 말라고 그리 당부하지 않았느냐. 말했다시피 난 네가 원하는 것을 들어줄 수 없다.

게다가 어찌 우스꽝스러운 가면을 쓴 신하까지 데리고 왔느냐."

"당신이 황제야?"

유시도가 궁금하다는 듯 물었다.

장년은 눈살을 찌푸렸다.

"말투가 왜 그 모양이지? 예의를 갖추어라."

"란포드 레오르칸."

강윤수가 낮은 목소리로 말했다.

"나는 당신의 신하가 아니다."

그는 단말기를 내보였다.

제국의 황제는 흠칫하더니 손을 멈췄다.

"다른 세계에서 온 이가 이곳까진 무슨 일인가?"

"당신을 죽이러 왔어."

헬킨과 레녹스는 깨진 창가 주변을 샅샅이 살폈다.

두 기사는 낯선 발자국을 찾아내 추적했으나 막다른 벽에서 끊겨 있었다. 근처의 모든 방문을 열어젖혔으나 침입자의 흔적은 찾아볼 수 없었다.

"황실창고나 금고까지 살펴봤지만 흔적을 찾을 순 없었습니다. 재물이나 정보 유출이 목적은 아닌 것 같습니다."

"빌어먹을, 이놈들이 어디 땅굴이라도 파고 들어갔나. 귀신이 곡할 노릇이군."

안타깝게도 두 기사는 탐정의 소양이 지극히 부족했다.

이대로라면 황궁에 들어온 침입자를 눈앞에 두고도 놓치게 될 것이 뻔했다.

"헬킨 경."

헬킨은 고개를 돌렸다.

언제 왔는지 번들거리는 머리칼을 기른 남자가 옆에 서 있었다.

"뤼미에르, 자네가 어쩐 일인가?"

헬킨이 신경질적으로 물었다.

한시가 급한 상황에 이 음침한 연금술사와 대화를 나누고 있을 새가 없었다.

"내 연구실로 가는 도중이었소. 그런데 보고 있자니 무척 바쁜 것 같아서. 황궁에 침입한 자들을 찾고 있는 거요?"

"그렇네."

"실은 내가 그들을 봤소."

"그게 정말인가?"

뤼미에르는 고개를 끄덕이더니 말했다.

"따라오시오. 내 눈으로 보고도 믿기 힘든 광경이었지."

뤼미에르는 두 기사를 이끌고 갔다.

아까 발자국이 끊겼던 막다른 벽이었다. 뤼미에르는 막다른 벽에 대고 발을 두 번 치고, 손등으로 다섯 번 두드렸다.

그러자 비밀 통로가 열렸다.

"이곳으로 그들이 들어가더군."

"당신은 그 광경을 보고만 있었나?"

"나처럼 보잘것없는 연구자가 침입자들과 엮여서 뭐 좋을 것이 있겠소?"

헬킨은 뤼미에르를 째려보다가 레녹스에게 말했다.

"서둘러 가지. 지금이라면 뒤쫓을 수 있네."

"알겠습니다."

뤼미에르는 비밀 통로 속으로 사라지는 두 기사를 바라봤다.

그는 낮게 중얼거렸다.

"일이 잘 풀렸으면 좋겠군. 진심으로."

유시도는 너무 흥분되어 눈앞이 핑핑 돌았다.

대륙 최고 권력자의 면전에 대고 당신을 죽이겠노라 말하다니!

강윤수는 자신이 생각했던 것보다 훨씬 미친놈이었다.

제국의 황제 란포드 레오르칸은 입술을 씹었다.

"……내 딸은 인질인가?"

"이 여자는 당신 딸이 아니야. 도플갱어지."

황제는 한숨을 쉬었다.

그는 깃펜으로 관자놀이를 긁적였다.

"날 죽이겠다는 이유가 뭔가? 보아하니 황족 계승과 관련 없는 인물 같은데."

"당신은 예순이 되면 노망이 든다. 나의 계획을 방해하겠지. 그래서 지금 죽어줬으면 해."

"사인(死因)은?"

"독살."

강윤수는 보랏빛 꽃잎을 담은 유리병을 꺼냈다.

황제는 쓰게 웃었다.

"질 나쁜 취미군. 하필이면 미치광이 꽃이라니."

그때 강윤수가 의외의 말을 꺼냈다.

"싫으면 먹지 마."

"무슨 소리인가?"

"말 그대로. 죽고 싶지 않다면, 먹지 않아도 돼. 선택권은 당신에게 있어."

유시도가 눈을 크게 떴다.

"그게 뭔 소리야? 죽일 거면 당연히 억지로라도 머어야지. 설마 이제 와서 마음 악해진 거야?"

그러나 강윤수는 조용히 황제를 바라볼 뿐이었다.

황제는 유리병에 담긴 꽃잎과 강윤수를 번갈아 보다가 한숨을 쉬었다.

"당신들은 황제의 삶이 어떨 것 같나? 처음부터 모든 자들의 위에 놓인 권좌에 앉을 수 있는 삶 말이네."

유시도는 빈정거리듯 말했다.

"글쎄, 이래저래 한탄을 해봤자 금수저치고 배부르지 않은 놈이 없던데."

"여행자라 그런가? 당신 말을 온전히 이해하긴 어렵지만, 확실히 내 한탄은 배부르게 들리겠지."

란포드 황제는 양손으로 얼굴을 쓸었다. 그의 목소리는 지금껏 황제로서 쌓아온 울분에 젖어 있었다.

"내게는 제국을 훌륭하게 이끌겠다는 마음가짐이 있었어. 그 모진 귀족들의 험담과 왜곡, 아첨을 이겨내고 황좌를 지켜내는 데 얼마나 많은 정신력이 소모됐는지 아나? 하지만 그 결과는 참담하더군. 내 모든 노력은 수포로 돌아갔고, 나는 이제 지쳤어."

황제의 목소리가 떨려왔다.

보이지 않는 누군가를 두려워하듯 그의 동공이 흔들렸다.

"지금 황궁의 지배자는 내가 아니야. 황궁의 모든 권력은 다른 자에게 가 있어. 언제부터인가 나는 그의 꼭두각시 노릇을 하고 있을 뿐이었지. 이제 돌이키기엔 너무 늦어버렸어."

황제는 조심스레 유리병을 개봉했다.

그는 보랏빛 꽃잎을 골라 꺼냈다.

"사람의 죽음에는 계기가 필요하지. 어쩌면 나는 이런 계기를 오래도록 기다려왔는지도 모르지. 그래, 모르겠군. 당신에게 고마워해야 할지, 당신을 미워해야 할지."

황제는 꽃잎을 집어 입에 넣었다. 잠시 몸에 경련이 일더니 황제는 미친 듯이 웃기 시작했다.

황제는 웃었다.
계속 웃었다.
그리고 또 웃었다.
꽃잎 때문에 웃는 걸까.
아니면 진실로 웃고 싶었던 걸까.
분간하기 어려운 웃음이었다.

최후까지 웃던 황제는 그 자리에서 쓰러졌다.

"이게 대체 어떻게 된 일이야?"

유시도는 눈앞의 광경을 믿을 수 없었다.

대륙 최고의 권력자가 스스로 자살을 택했다.

"뭐야? 무슨 황제가 왜 자살한 거야. 반항을 하든지 할 것이지, 그냥 맥없이 죽어버리는 게 말이나 돼?"

"애초에 황제는 자살 충동을 심하게 느끼고 있었어."

수백 번 회귀한 강윤수는 알고 있었다.

근래 란포드 황제는 스스로에게 막중한 부담감과 좌절을

느꼈다. 그런 화병이 쌓여 말년에 노망까지 온 것이다.

강윤수는 한껏 쌓인 황제의 울분을 슬쩍 밀어주었을 뿐이다.

"진짜 죽은 거야?"

유시도는 믿을 수 없다는 듯 황제의 맥박을 확인했다.

황제는 정말로 죽어 있었다.

유시도는 강윤수를 질렸다는 눈빛으로 바라봤다.

"음, 그러니까 너는 황제가 자신의 손으로 죽도록 유도한 거네?"

"자살할 기회를 줬지."

"황제는 네 권유에 현혹됐고?"

"어."

유시도는 처음으로 기가 막힌 듯 소리쳤다.

"이따위 암살은 난생처음 본다. 이런 기상천외한 방식으로 사람 죽이는 놈이 세상에 어디 있냐고!"

"여기."

강윤수는 담담히 등을 돌렸다.

처음 계획한 대로 황제를 죽였다. 이제 아이리스를 만든 연금술사를 찾아갈 일만 남았다.

그는 서재 밖으로 걸어갔다.

바로 그때였다.

매서운 칼날이 강윤수에게 날아들었다.

서걱-!

칼끝에 머리칼이 스쳐 허공에 휘날렸다.

즉시 뒤로 물러나지 않았다면 몸이 두 동강 났을 것이다.

강윤수는 칼자루에 손을 가져갔다.

'뭐지?'

어둠 저편에서 모습을 드러낸 것은 늙은 기사였다. 쓰러진 황제를 보자 헬킨의 이마에 핏줄이 솟았다.

"네놈! 지금 제정신인가!"

헬킨은 두 눈을 부릅뜨고 검을 내질렀다. 강윤수는 반사적으로 칼을 내뽑았다. 두 남자의 검이 맞부딪혔다.

챙-!

8장
제1기사단장 헬킨

강윤수는 뒤쪽으로 날아갔다.

책장 여럿이 부딪쳐 박살 나고 그는 충격에 밀려 몸을 뒹굴었다. 서둘러 일어서자 라비안의 장검 귀퉁이가 조각나 있었다.

'오른쪽 손목이 어긋났다. 검도 부러졌어.'

강윤수는 검을 버리고 재빠르게 책장 뒤편에 숨어들었다.

헬킨의 발걸음 소리가 들려왔다.

'어째서 헬킨이 지금 이곳에 나타났지?'

현재로선 절대 상대할 수 없는 적수였다.

검술, 노련함, 전투 경험.

헬킨은 모든 것이 정점에 다다른 대륙 최강의 검사였다.

'헬킨을 상대하지 않기 위해 리치까지 만들었는데, 어째서.'

강윤수는 왼손으로 피의 학살검을 빼 들었다.

그의 검술 자체가 헬킨을 넘을지라도, 기본 능력치의 격차가 지나쳤다.

정면으로 부딪쳐 봤자 승산은 없다.

"이봐, 강윤수. 무슨 일이야?"

뒤따라 나온 유시도가 말했다.

그 순간 또 다른 기사가 뛰쳐나왔다.

"검에게 바람의 가호를."

레녹스가 검을 뽑는 동시에 수십 번의 검격을 날렸다.

유시도는 재빠르게 칼날을 회피했다.

"흐응? 뭐야. 갑자기."

"보기보다 몸놀림이 빠르군."

유시도와 레녹스는 동시에 서로에게 놀랐다.

'뭐 저렇게 빠르지?'

그때 강윤수가 커다란 목소리로 소리쳤다.

"저들과 싸우지 마. 우린 곧장 여기서 벗어난다."

헬킨은 곧장 목소리가 들린 서재로 향했다.

칼을 사납게 세운 뒤 곧장 서재 뒤편으로 달려들었다.

"감히 나에게 칼을 겨누느냐?"

헬킨은 휘두르려던 검을 멈춰 세웠다.

찬란한 금발의 미녀가 매섭게 눈매를 세우고 있었다.

헬킨은 곧바로 태도를 누그러뜨렸다.

"황녀 전하! 괜찮으십니까?"

"괜찮을 리가 없지 않느냐!"

키시프란 황녀는 앙칼지게 소리쳤다.

헬킨이 곧장 검을 내린 뒤 그녀 곁에 섰다.

"이곳은 위험합니다. 황제 폐하께서도 당하셨으니 황녀 전
하라도 어서 옥체를 보존하셔야⋯⋯."

헬킨은 목뒤에서 싸늘한 살기를 느꼈다.

그는 본능적으로 몸을 굽혔고 곧 칼날이 날아들었다.

강윤수가 휘두른 검이 빗나가 서재 모서리를 부숴 버렸다.

콰직-!

"이 빌어먹을 자식이⋯⋯!"

헬킨이 곧장 칼을 휘두르려는 찰나.

퍼걱-!

강력한 일격이 헬킨의 뒤통수를 강타했다.

피가 흘렀고, 뒤통수가 조금 찢어졌지만 그는 쓰러지지 않
았다.

헬킨은 싸늘한 눈초리로 아이리스를 돌아보았다.

"황녀가 아니군."

"머리뼈도 부술 일격이었는데, 어찌 서 있느냐?"

강윤수는 매섭게 달려 아이리스를 끌어안았다.

고작 몇 초 사이로 헬킨의 칼날이 그들 위를 스쳐 갔다.

콰자작-!

상단에 있던 책 더미가 무더기로 갈려 나갔다.

조금만 늦었더라면 상반신이 잘렸을 것이다.

"저기요. 할아버지! 아무리 그래도 모습은 황녀랑 똑같은데, 몇 초는 고민해 보고 칼 휘둘러야 하는 것 아닙니까?"

유시도가 대뜸 따지고 들었다.

그러자 황실 제1기사단장이 품위 넘치는 답변을 날렸다.

"내 머리뼈를 부수려 했다면 진짜 황녀라도 죽였다."

"우문현답이군. 인정할게."

대답을 마치자마자 유시도는 허리를 끊어질 정도로 꺾었다. 레녹스의 칼날을 회피한 직후 그는 혀를 삐죽 내밀었다.

"그냥 우리 도망치게 놔주면 안 될까?"

"대답은 생략하지."

"이거, 재미없는 놈이네."

강윤수는 아이리스를 뒤에 두고 헬킨의 앞을 가로막았다.

반면 헬킨은 검을 휘두를 자세를 마쳤다.

강윤수의 눈빛이 진중해졌다.

"헬킨, 나는 너의 미래를 알고 있다."

정면 승부가 어렵다면 야바위뿐이다.

헬킨은 고개를 끄덕였다.

"알고 있다. 토끼 가면. 너를 죽이게 되겠지."

헬킨은 한 차례 검을 휘둘렀다. 경로를 예상한 덕분에 피할 수 있었다. 서재가 부서지고 벽면에 커다란 금이 갔다.

'퇴로를 생각해 둬야 해.'

강윤수는 힐끗 주위를 살폈다. 출구는 레녹스가 막고 있었고, 주위로는 조그만 창가뿐이었다.

그와 아이리스는 점점 구석으로 몰렸다.

"네가 나중에 어떻게 죽게 될지 궁금하지 않나?"

"궁금하지 않다."

헬킨이 검을 휘둘렀고, 그는 가까스로 피했다. 지나온 삶을 통해 헬킨의 검술 패턴은 외우고 있었지만 회피는 쉽지 않았다.

벽면이 뜯어지다시피 부서졌다.

'단순한 예언으로는 안 돼. 저자의 주목을 끌려면 다른 주제를 꺼내야 한다.'

강윤수는 등에 식은땀이 맺히는 것을 느꼈다.

소환수나 언데드를 꺼낸다고 해도 헬킨에게 일도양단될 뿐이다.

"나는 황궁의 비밀을 알고 있다. 황제마저 자살할 만큼 두려워하는 흑막이 누구인지 궁금하지 않나?"

이제 헬킨은 대답조차 하지 않았다. 살의가 담긴 눈동자로 검을 쥔 채 다가올 뿐이었다.

오히려 반응한 것은 레녹스였다.

"황궁의 흑막?"

강윤수는 그 기회를 놓치지 않았다.

"그렇다, 황궁의 흑막. 대륙을 집어삼키려는 자가 이 황궁 안에 있다."

"대체 누가……."

레녹스가 눈을 가늘게 떴다.

그때 유시도가 소매에서 칼을 꺼내 집어 던졌다.

레녹스는 그 검을 재빠르게 쳐냈다.

챙-!

기사의 칼을 맞고 튕겨 나간 검이 헬킨에게로 향했다. 헬킨은 곧바로 뒤돌아 날아오는 검을 쳐냈다. 강윤수가 그 절묘한 간극을 비집고 들어갔다.

"심연의 검술."

현재 그가 가진 것 중 가장 강력한 검술 스킬.

헬킨은 맞서 검을 휘둘렀으나, 강윤수가 노린 것은 그가 아니었다.

콰직-! 촤르륵-!

서재 위편이 부서지며 온갖 양장본과 고서가 떨어져 내렸다. 힘의 균형을 제대로 무너뜨렸는지 서재들이 도미노처럼 부서졌다.

쏟아진 책의 파도가 헬킨을 삼켜 버렸다.

"가자."

강윤수와 아이리스는 책 더미를 밟고 뛰어올랐다.

레녹스는 세 사람을 노려보며 스킬을 사용했다.

"검에게 바람의 가호를!"

호쾌한 검술이 세 사람을 향해 날아들었다.

강윤수는 곧바로 몸을 숙여 피한 뒤 그의 검을 쳐냈다.

그러자 레녹스의 얼굴이 당혹으로 물들었다.

"이 검술…… 당신, 설마 산맥에서 만났던 그……?"

"비켜라, 레녹스!"

헬킨이 책 더미를 무너뜨리며 무섭게 돌격해 왔다.

노기사가 격노에 물들어 칼을 휘둘렀다.

콰자작-!

피할 수 있는 위치가 아니었다. 강윤수는 칼을 세우고 방어 자세를 취했다. 검신이 부러질 듯 떨렸고, 그는 뒤로 나가떨어졌다.

"강윤수, 괜찮느냐?"

강윤수는 비틀거렸으나 혼자 힘으로 일어섰다.

"복도로 가면 따라잡힐 거야. 창가로 도망치자."

"창가로 도망가자고? 날기라도 하게?"

유시도가 창밖을 바라보며 말했다.

맞은편 건물인 황실도서관은 뛰어도 닿지 못할 만큼 거리가 멀었다.

'원래는 화이트를 소환해 뛰어넘으려 했지만, 지금은 시간이 없다.'

헬킨이 차가운 표정으로 다가왔다.

강윤수는 나지막이 말했다.

"두 사람 모두 내 옷깃을 꽉 잡아."

헬킨이 사납게 검을 휘둘렀다.

거친 힘이 벽면을 무너뜨렸고, 세 사람을 날려 버렸다.

콰자자작-!

"끄아악-!"

강윤수, 아이리스, 유시도는 허공을 날았다.

막대한 힘의 덩어리가 그들을 휩쓸었다.

그들은 몇 차례 구른 뒤에야 건물 천장에 떨어졌다.

쾅-!

"후우! 살았다."

낙법으로 충격을 완화한 유시도가 먼지를 털고 일어났다. 아이리스도 그다지 큰 상처는 없었다. 그러나 정면으로 검격을 받아낸 강윤수는 달랐다. 마지막 남은 검마저 부러졌고, 복부가 부서질 것처럼 아파 왔다.

'갈비뼈가 서너 대 나갔군.'

유시도가 강윤수를 일으켜 세웠다.

"뭐, 그래도 잘 도망쳤네. 여기까진 못 따라올걸."

그러나 강윤수는 고개를 가로저었다.

"헬킨이라면 따라와. 쫓아오기 전에 도서관 아래로 내려 가자."

"여길 어떻게 온다고?"

유시도는 멀리 황궁 저편의 헬킨을 바라봤다.

그는 뒤로 물러나더니 달리기 시작했다.

지금 이 거리를 도약해서 오겠다고?

타악!

부서진 벽면을 넘어 헬킨은 높이 뛰었다. 어느새 그는 도서관 천장 위로 가볍게 착지했다.

"방금 것은 작정하고 휘둘렀는데 용케 받아냈군. 보아하니 칼 좀 쥐어본 놈이구나."

"저 노인네 사람 맞아? 무슨 육탄전차가 따로 없네!"

헬킨이 다가왔다.

강윤수는 그를 주시하며 발밑을 가늠했다.

이제 방법은 하나뿐이다.

"아이리스."

"왜 그르느냐?"

"바닥 부숴."

아이리스는 곧장 주먹으로 바닥을 세차게 내려쳤다.

한 번.

쾅-!

헬킨은 곧장 검을 휘둘렀으나 바닥이 진동한 탓에 동작이 느려졌다.

두 번.

콰앙-!

유시도가 송곳니로 헬킨의 다리를 물어뜯었다.
세 번.
콰아앙-!
노기사와 회귀자의 시선이 맞닿았다.
네 번.
콰지지직-!
대리석 천장이 무너져 내린다.

황실도서관.
대륙에서 가장 많은 서적을 보유한 도서관이다.
어린 소년 토미는 그곳에서 동화책을 읽고 있었다.
'나는 커서 학자가 될 거야!'
토미는 원래 책을 그다지 좋아하지 않았다. 하지만 할아버지처럼 무섭게 싸우는 것도 원치 않았다. 그래서 학자가 되기로 했다.
'피 튀기는 건 정말 싫어. 그러니 오늘부터 밤새워서 책을 읽어야지. 그럼 학자가 될 수 있을 거야.'
평소 안 하던 짓을 하면 하늘이 무너져 내린다고 하지만 정말 그렇겠는가.

하지만 그것이 정말로 일어났다.

콰지지직—!

천장이 무너져 내리며 대리석 잔해가 떨어졌다. 다행히 새벽 시간이라 잔해에 깔린 사람은 없었지만, 토미는 화들짝 놀랐다.

'으악! 내가 동화책을 봐서 천장이 무너졌나 봐!'

토미는 서둘러 동화책을 덮고 다시는 책을 읽지 않겠노라 맹세했다. 책을 원래 자리에 꽂아 놓으려고 일어났을 때 낯선 목소리가 들려왔다.

"도와줘."

동화책 속에 나오는 악당도마뱀처럼 삭막한 목소리였다.

토미는 침을 꿀꺽 삼키고 잔해 더미로 다가갔다.

토끼 가면을 쓴 남자가 잔해에 묻혀 있었다.

"괘, 괜찮아? 형아?"

"아니."

"내, 내가 뭘 도와줘야 해?"

"날 여기서 좀 꺼내줘."

"어떻게? 대리석은 너무 무거워."

"내 팔을 잡아당겨 줘. 일어설 힘이 없어."

토미는 모르는 사람을 도와줘야 할지 고민됐다. 어쩌면 저 사람은 무척 나쁜 사람일지도 모른다. 하지만 남자는 토끼 가면을 쓰고 있었다. 그러니 착한 사람이 분명했다.

'할아부지는 아무나 함부로 돕지 말라고 했지만 토끼라면 괜찮을 거야.'

토미는 남자의 팔을 붙잡고 힘차게 잡아당겼다. 의외로 남자의 몸은 손쉽게 빠져나왔다. 남자는 어렵사리 일어났다.

"형아는 뭐 하는 사람이야?"

남자는 손목에 찬 단말기를 가리켰다.

"와아, 여행자구나. 난 토미야."

"알아."

강윤수는 주변을 둘러봤다.

황실도서관 6층 서재.

다행히 위치를 정확히 잡았다.

갑작스레 강윤수가 토미의 목을 세게 죄었다.

"으아악! 컥! 혀, 형아! 컥!"

"미안해."

강윤수가 속삭였다.

곧바로 잔해 더미 위에서 거친 목소리가 울렸다.

"그 손 당장 놓지 못할까!"

헬킨은 이글거리는 눈동자로 그를 노려봤다.

그러자 강윤수는 토미의 목을 조른 채 말했다.

"헬킨, 우릴 이 자리에서 놓아줘라. 손자를 살리고 싶다면."

"졸렬하군."

헬킨은 증오스러운 눈빛을 흘렸다.

"남의 가족을 인질로 삼고서 연명하는 목숨이라. 네놈은 가족도 없나 보군. 부끄럽지도 않나?"

강윤수는 잠시 멈칫했다.

토미의 목을 움켜쥔 손아귀가 느슨해졌다. 그러나 가면 너머의 목소리에선 살기가 묻어 나왔다.

"난 이보다 더한 것도 할 수 있어. 마황을 죽이기 위해서라면."

헬킨은 이를 갈았다.

그는 손에 쥔 검을 칼집에 꽂았다.

"놓아줄 테니 너도 나가서 토미를 놔줘라. 내 손자를 죽인다면, 세상 끝까지 찾아가서라도 널 죽인다."

강윤수는 헬켄에게 그 검을 자신에게 넘기라고 요구할까 고민했다. 그러나 곧 헬킨의 검은 기사단장의 직책을 가지지 않으면 사용할 수 없음을 기억했다.

"푸하! 살았다."

"이번엔 정말 위험했구나."

유시도와 아이리스도 찾아냈다.

세 사람은 도서관을 벗어났다.

강윤수는 아이를 붙잡은 손아귀를 놓았다.

"할아버지를 찾아가."

토미가 숨을 거칠게 몰아쉬며 훌쩍였다.

"혀, 형아는 나쁜 사람이야?"

"어."

강윤수는 대답했다.

토미는 겁에 질린 눈빛으로 자신을 바라보다 부리나케 뛰어갔다.

그는 문득 손을 바라봤다. 손바닥이 식은땀으로 잔뜩 젖어 있었다.

"강윤수는 좋은 사람이란다."

아이리스였다.

그가 물었다.

"왜."

"아무도 시키지 않았지만, 홀로 세상을 지키려고 노력하잖니."

강윤수는 아이리스를 바라봤다.

먼지투성이인 그녀가 미소 지었다.

"적어도 나는 그렇게 생각한단다."

동이 터왔다.

근위병들이 바쁘게 뛰어다녔다.

"너흰 후문 쪽을 살펴라! 7조는 황궁 서편을 조사한다!"

그러나 병사들의 예상과 달리 세 사람은 이미 황궁을 빠져 나온 뒤였다. 부상이 심한 강윤수는 제대로 뛰질 못했다.

"아이리스."

"왜 그러느냐?"

"업어줘."

그러자 유시도가 재빨리 그를 안아 들었다.

강윤수가 물끄러미 바라보자 유시도는 엄숙히 말했다.

"병약한 애인을 위해서라면 뭔들 못 하리."

아이리스가 고개를 갸웃거렸다.

"흐음, 유시도는 강윤수를 사랑하느냐?"

"실은 동성애의 편견을 넘을지 말지 고민 중이야."

"넘지 마."

황궁의 감시망에서 벗어나자 인가가 나왔다.

강윤수는 가면을 벗고 배낭에서 마지막 남은 치유포션을 꺼내어 마셨다. 외상에는 바르는 용도지만, 골절상은 복용으로 치유 가능했다.

'뼈가 붙으려면 꽤 걸리겠군.'

강윤수는 유시도의 손을 뿌리치고 일어났다. 몸은 삐걱거렸으나 걸을 수는 있었다.

"벌써 내 품에서 벗어나는 거야?"

유시도가 가면을 벗고 아쉽다는 표정을 지어 보였다.

뱀파이어에서 호문쿨루스로 종족을 바꾼 그의 눈동자는 원래의 갈색이었다.

강윤수는 덤덤히 골목길 저편을 가리켰다.

"네 동료들이 왔군."

어두컴컴한 음영이 드리운 골목길에 사람들의 형체가 보였다. 할버드를 등에 멘 사내가 다가왔다.

그의 뺨에는 큼지막한 흑호랑이 문신이 그려져 있었다.

"징그럽게 잘 살아 있어 보기 좋군, 대장! 우리에게 보낸 전서구대로 이놈들을 전부 죽이면 되나?"

"아니, 메이슨! 생각이 바뀌었어. 얘네 죽이지 마. 의외로 재밌는 녀석들이었거든."

메이슨이라 불린 사내는 턱수염을 긁적였다.

"하여간 변덕하고는. 얼른 가자고. 다들 백사자 클랜에 복수전 준비하느라 한창인데, 대장이 빠져서야 되겠어?"

메이슨이 걸음을 재촉했다.

백사자 클랜의 기대와 달리, 흑호 클랜의 전력 대부분이 살아 있는 모양이었다.

유시도는 킥킥 웃더니 손을 흔들었다.

"다음에도 너랑 이렇게 스릴 넘치는 밤을 보내고 싶군. 나중에 또 수도에서 보자고, 강윤수."

유시도는 골목길로 걸어가더니 어둠 저편으로 사라졌다.

아이리스는 환한 햇살에 눈을 찡그렸다.

"하루가 끝났구나."

"그래."

기나긴 밤이었다.

두 사람은 물줄기가 흐르는 분수대로 가서 먼지 묻은 얼굴을 씻었다. 강윤수는 아이리스의 찬란한 금발을 힐끗 보았다. 그가 배낭에서 인체세공도구를 꺼냈다.

"머리칼 적갈색으로 바꿔."

"난 금발이 마음에 든단다."

"안 돼."

아이리스는 울상을 지었다.

그러자 강윤수가 나지막이 말했다.

"나중에 맛있는 음식을 만들어줄게."

숙취를 겪는 사람이 으레 그렇듯, 샤네트는 관자놀이를 짚은 채 침대에 누워 있었다.

"죽겠어요."

"쯧쯧. 그렇게 평소에 술 좀 마셔 두라니까. 내성이 없어서 그 모양 아니냐?"

샤네트는 기가 막혀 반박하려다가 속이 울렁여서 그만뒀

다. 헨릭은 혀를 차더니 냉수 한 잔을 내밀었다.

"고마워요. 아저씨."

"됐다. 그런데 어제 누가 나 방바닥에 집어 던지기라도 했
냐? 왜 이렇게 허리가 아프지?"

헨릭이 허리를 쓰다듬으며 눈살을 찌푸렸다.

"어제는 별로 기억이 없어요. 그런데 왜 이렇게 소란스러
워요?"

샤네트가 방문 밖을 보며 말했다.

백사자 클랜원들은 목청껏 소리를 지르거나 분주하게 복도
를 뛰어다녔다.

"지하 감옥에 가뒀던 흑호 클랜 대장 놈. 유시도였던가? 그
놈이 도망쳤단다."

"정말요?"

샤네트는 왠지 모르게 불안한 기분이 들었다.

그녀는 주위를 살피더니 작은 목소리로 속삭였다.

"그런데 강윤수 님은요?"

"몰라, 아침부터 안 보여."

샤네트는 마른침을 삼켰다.

"설마…… 아니겠죠?"

"인마, 말이 씨가 된다. 그놈이 아무리 천재지변을 몰고 다
닌다지만, 그렇게까지 막장 짓을 하겠냐?"

헨릭이 어른스럽게 타일렀다.

그때 방문이 벌컥 열렸다.

"강윤수, 그 자식 어디 있어!"

"제발 진정해, 파스초!"

차크람을 꼬나 쥔 파스초를 크리스가 간신히 말렸다.

헨릭이 멀뚱멀뚱한 눈으로 물었다.

"뭔 일이요?"

"무슨 일? 어제 유시도를 지키던 감시역이 증언했지. 강윤수 그 자식이 자신을 기절시키고 지하 감옥에 들어갔다고!"

헨릭은 양 눈을 지그시 감았다.

그러다가 주먹을 불끈 쥐며 자리를 박차고 일어났다.

"이런 더럽게 재수 없는 놈!"

"진정하세요, 아저씨!"

파스초와 헨릭이 서로 격앙되어 목소리를 높였다.

"강윤수 그 자식, 어디 있냐고 물었다! 숨기지 말고 말해!"

"거, 나도 그놈 어디 있는지 좀 알고 싶구먼! 조각도로 콱 깎아버리게 말이야!"

한바탕 난장판이 일어날 기세였다.

크리스가 억지로 파스초를 떼어놓았다.

아만다가 다가와 말했다.

"죄송해요. 다들 갑작스럽게 벌어진 비상사태 때문에 정신이 없어요. 나중에 1층 홀로 부를 테니 그때 조용한 분위기에서 이야기하도록 하죠."

클랜원들이 방을 나갔다.

헨릭은 심통 가득한 표정으로 한숨을 쉬었다.

"그놈이랑 다니니 하루도 조용할 날이 없군."

"뭐, 하루 이틀인가요? 그런데 아이리스 언니는 어디 계세요?"

"몰라, 그 녀석도 아침부터 안 보여."

그때 창가로부터 소음이 들려왔다.

똑똑.

누군가 창문을 두드렸다.

강윤수였다.

"……여기 4층 아니었냐?"

강윤수는 창틀을 붙잡고 서 있었다.

그가 입술을 움직였다.

'나와.'

"무슨 수로? 무식하게 4층에서 뛰어내리라고?"

강윤수는 커튼을 가리켰다.

헨릭은 투덜대며 커튼을 뜯어 간이 밧줄을 만들었다.

"이젠 하다못해 저택 탈출까지 하게 되는구나. 어째 수도에선 범죄 행각만 잔뜩 벌이게 되는 것 같은데."

"화내면서 안 하실 줄 알았는데, 의외로 순순히 만드시네요?"

"이대로 있다간 저 클랜원들이 우릴 가만히 두겠냐? 가뜩이나 대륙인 무시하는 놈들인데. 분위기 심상치 않을 땐 줄행랑이 답이지."

샤네트와 헨릭은 간이 밧줄을 타고 조용히 저택 뒤뜰로 내려왔다. 강윤수는 창틀 여러 개를 딛고 땅에 착지했다.

잠시 몸을 휘청거렸으나 그는 도로 중심을 잡았다.

"좀 묻자. 유시도는 왜 풀어줬어?"

"그럴 이유가 있었어."

"그럼 들키질 말던가!"

"어차피 나중에 다들 알게 돼."

헨릭온 묵묵히 조긱도를 꺼내 쥐었나. 샤네트가 뜯어말린 뒤에야 그는 간신히 조각도를 거두었다.

"내가 확 조각상으로 만들어 버리려다가 참는다."

"조각상이 되긴 싫어."

어째 강윤수는 예전에 조각상이 되어 보기라도 한 것처럼 말했다.

"다들 좋은 아침이구나."

"아이리스 언니?"

샤네트가 의아한 표정을 지었다.

아이리스도 강윤수와 동행했단 말인가?

"밤 동안 어디 다녀오셨어요?"

강윤수는 반나절간의 이야기를 간단히 요약했다.

"산책."

샤네트의 눈동자가 가늘어졌다.

"두 분이서요?"

"유시도도 함께 있었단다."

그녀는 내색하지 않고 속으로 안도의 한숨을 쉬었다.

아이리스는 싱긋 웃었다.

"유시도는 강윤수를 사랑한다더구나."

"……강윤수 님?"

"뭘 생각 해."

강윤수는 저택을 벗어나 언덕 위로 발걸음을 옮겼다.

그 뒤를 따라가며 샤네트가 물었다.

"이제 다음은 어디로 갈 생각이세요?"

강윤수가 입을 열 찰나였다.

건너편에서 익숙한 목소리가 들려왔다.

"어딜 그리 바쁘게 가?"

한세현이 갈대 줄기를 입에 문 채 언덕에 앉아 있었다.

강윤수는 덤덤히 말했다.

"전설 의뢰를 수행해야 해."

"그래?"

그러나 한세현은 그 자리에 계속 앉아 있었다.

그는 맨손으로 풀잎을 쓰다듬었다.

그것만으로 가느다란 풀잎이 듬성듬성 베어져 버렸다.

"지나가려면, 내 질문에 대답해라."

"뭔데."

"유시도, 왜 풀어줬어?"

"너를 황제로 만들겠다고 했지, 흑호 클랜을 처리한다고는 안 했어."

한세현은 묘한 눈빛으로 그를 바라봤다.

"내가 유시도와 어떤 관계인지 모르지 않았을 텐데. 솔직히 그놈을 풀어준 너를 용서하기가 쉽진 않군. 정말 나를 황제로 만들어줄 생각이 있긴 한 거야? 오히려 그 핑계로 날 이용해 먹으려는 게 아닐까 의심되거든."

강윤수는 짧게 말했다.

"조금 전, 나는 란포드 황제를 죽였다."

"……뭐라고?"

"나중에 알아봐."

강윤수는 한세현을 지나쳐 걸어갔다.

한세현은 그를 돌아보며 기가 막힌 듯 웃었다.

"넌 정말 무서운 놈이다. 그래서 더 궁금한 게 있어."

"뭐."

"왜 너 자신이 황제가 되려고 하지 않는 거지?"

"하기 싫어서."

"……정말 너다운 대답이군."

한세현은 아래의 세 사람을 향해 대충 손을 휘저었다.

"거기 있는 분들도 그냥 가요. 우리 클랜원들한테는 내가 설명을 해두죠. 특히 우리 부대장만큼이나 아름다운 아가씨는 다음에도 봤으면 좋겠군요."

한세현은 시원하게 미소 짓더니 저택으로 걸어가 버렸다.

헨릭은 떨떠름한 표정으로 강윤수 곁으로 와 물었다.

"너, 그게 뭔 소리냐? 네가 정말로 황제 폐하를 죽였어?"

"내 앞에서 자살했어."

"그분이 우울증이 심하시긴 했다지만, 자살을 했다고? 허. 세상에 그런 일이. 어? 잠깐! 그 말은 네가 오늘 밤에 황궁을 다녀왔단 거냐?"

강윤수는 으레 그렇듯 대답하지 않았다.

마지막 삶일지라도, 지나치게 많은 것을 설명하다간 아까운 시간만 사라진다.

'결국 아이리스를 만든 연금술사와는 만나지 못했군.'

앞으로 황궁의 경비가 더욱 강화될 것이다. 켄타우로스처럼 이종족의 기습도 없으니 침입할 방도는 없다. 숨어들어 가는 것은 물론이고 위장마법을 쓰더라도 엄중한 감시에 걸릴 것이다.

이래서야 그 황실 연금술사와 접선할 방법이 없다.

'어째서 헬킨과 레녹스가 내 앞에 나타났던 걸까.'

황궁의 비밀 통로를 이용했기에 두 기사는 자신을 추적하지 못했어야 옳다.

지금껏 지나온 삶에서도 그래왔다. 하지만 이번 삶에선 왜 달라졌을까?

'마치 누군가 내가 황궁에 있는 것을 의도적으로 막은 것 같군.'

강윤수는 알 수 없는 경계심을 느꼈다.

변화로 일어난 결과는 두 가지.

자신은 당분간 황궁에는 접근하지 못하게 됐다.

헬킨과 적대 관계를 형성했다.

'황궁에 내가 모르는 뭔가가 있다.'

강윤수는 이례적으로 주먹을 꽉 쥐었다.

변화.

수백 번을 회귀했고 유독 일천 번째의 삶에서 연달아 이변이 일어났다.

어째서일까?

'의문을 해결하기 위해선 성장해야 한다. 아무도 대적할 수 없을 정도로 강하게.'

지금은 아니지만, 나중에 수도로 돌아올 것이다. 황궁의 경비를 깨부술 정도로 강해져서 돌아오리라.

'흰 그림자의 정체는 그때 파악할 수밖에 없겠군.'

샤네트가 다가와 물었다.

"강윤수 님, 아까 묻다가 말았는데, 우리의 다음 목적지는 어디예요?"

"멸망사막."

순간 샤네트의 얼굴이 창백해졌다. 헨릭은 조각도로 근처 나무 기둥에 뭔가를 새기기 시작했다.

"뭐 쓰세요?"

"유언, 너도 글귀 하나 남길래?"

"……끔찍한 농담 하지 마세요."

두 사람의 행동을 보며 아이리스는 고개를 갸웃거렸다.

헨릭은 체념한 듯 기지개를 쭉 켰다.

"뭐, 적어도 심심할 틈은 없겠구먼."

뤼미에르 키잔은 화원을 걸었다.

그는 세상 모든 꽃을 증오했다.

그래서 화원은 그에게 있어 전혀 유쾌한 장소가 아니었다.

"좋은 아침입니다, 황녀 전하."

뤼미에르는 몸이 묶인 황녀를 두고 절을 올렸다.

키시프란 황녀는 어서 풀어달라는 듯 애처로운 눈빛을 보냈다.

그러나 연금술사는 엉뚱한 말을 내뱉었다.

"황녀 전하, 왜 사람들은 운명을 거부하는 것을 개척심이라고 할까요."

뤼미에르는 그녀의 윗옷을 벗겨냈다.

키시프란은 수치심을 느끼기에 앞서 당황스러운 표정을 지었다.

"그건 개척심이 아니라 이기심입니다. 개인이 원해 세상의 순리를 거역하는 것은 지독한 오만입니다. 운명을 거부하고, 숙원을 이루려는 인물은 반드시 붕괴를 일으킵니다."

뤼미에르는 손가락을 곧추세워 그녀의 등을 쓸었다.

그러자 검은색 글귀가 드러났다.

「6번째」

"그러니 멸망해야 할 세상은 멸망하는 것이 옳습니다."

황실 연금술사는 그 글귀를 지웠다.

별안간 키시프란의 숨소리가 거칠어졌다.

"하악! 하악! 하…… 악……."

그녀의 살결이 차가워졌다.

뤼미에르는 꾸벅 절을 올렸다.

"평안한 운명 되시길."

번화한 상점 거리.

수많은 장사꾼이 여신의 은총을 바란다. 대륙의 여신 실피아는 순번을 돌며 상인들에게 대목을 안긴다. 오늘 여신의 은 총을 받은 것은 물장수들이었다.

"물 좀 파쇼."

"한 통에 은화 1닢이올시다."

"젠장, 뭔 놈의 물이 그렇게 비싸?"

"이 더위에 얼음물 공수해 오는 게 쉬운 줄 아슈?"

"거, 그래도 너무 비싸. 여관에 이틀은 숙박할 비용 아니요. 조금만 깎아줘."

"안 살 거면 마슈."

헨릭은 꿍한 얼굴로 은화 한 닢을 던져 주었다.

물장수는 자그마한 얼음 조각이 든 물통을 내주고 성큼성 큼 가버렸다.

"나도 목이 마르구나."

"저도요."

"……니들은 돈 없냐? 알아서 사 마실 것이지."

헨릭은 빈정대면서도 샤네트와 아이리스에게 물통을 돌 렸다.

그가 강윤수에게 물었다.

"넌 목 안 마르냐?"

"어."

따가운 햇볕이 내리쬤다.

불새의 달이 끝나고, 태양의 달로 접어들었다.

이 시기의 대륙은 완연한 여름이다.

"망자의 성에서 가져왔던 냉주가 그립군."

헨릭은 얼음 조각을 씹으며 투덜댔다. 그들은 장기간 여행에 대비해 식량과 물을 잔뜩 구매했다.

강윤수가 주저 없이 가판대 위의 술병을 집자 샤네트가 그의 손목을 잡았다.

"왜."

"과음은 금물이에요."

"이봐, 잔소리 많은 아가씨. 마약보다 술을 탐내는 놈한테 그런 말은 너무 가혹하지 않아?"

헨릭이 비아냥거렸다.

그러나 샤네트는 고개를 휘젓고 단호히 말했다.

"아뇨, 제가 꼭 강윤수 님을 금주시키고 말 거예요. 사막에서까지 그 많은 술을 다 드시면 위험해요. 이번엔 술 사지 마세요."

"싫어."

"그럼 음주량을 줄이세요. 하루 반병으로만."

"싫다고."

강윤수와 샤네트가 서로를 날 선 눈초리로 바라봤다.

그 광경이 새밌는지 헨릭은 픽 웃었다.

아이리스가 호기심 가득한 눈동자로 물었다.

"술은 맛있느냐?"

"어른의 맛이지. 넌 아직 몰라."

아이리스는 기분 상한 얼굴로 헨릭을 바라봤다.

"난 아이가 아니란다."

"그럼 어른이냐? 그렇게는 안 보이는데."

"헨릭은 바보구나."

아이리스의 눈가에 눈물이 그렁그렁해졌다.

당황한 헨릭이 재빨리 도수가 낮은 포도주를 사다 줬다.

"이거야 원, 놀리지도 못하겠네. 마시고 싶으면 마시든가."

아이리스는 포도주를 한 모금 마시더니 얼굴을 찌푸렸다.

"생각보다 맛이 없구나. 써."

"얼씨구? 비릿한 심장은 잘만 먹으면서 왜 그러냐?"

"심장은 두근거리는 식감이 좋잖니."

"그게 대체 뭔 개소리야."

일행은 각자 짐을 짊어진 채 시장가를 나왔다.

그리고 샤네트는 이 세상에서 불가능한 일 가운데 '강윤수 금주시키기' 항목을 추가했다.

체념한 그녀가 울적하게 물었다.

"멸망사막까지는 어떻게 갈 거예요?"

해질녘 한 잔 상단에서 가져왔던 마차가 있긴 했다.

하지만 그 마차는 레프만의 감시망에 걸릴 확률이 높았다.

"상단주 그놈이 의도한 건지 몰라도 마차 바퀴가 죄다 낡아 빠졌더라. 멸망사막까지 타고 갈 정도는 못 돼."

결국 강윤수가 거리를 맴도는 마차 한 대를 잡아 세웠다.

그들은 짐칸에 물건을 싣고 탑승했다.

마부가 뒤돌아 물었다.

"어디로 모실까요?"

"라비에스크."

"허, 거긴 요즘 가기 꽤 험한 곳인데. 뭐, 보물사냥꾼들한테 구매할 것이라도 있으십니까?"

샤네트가 궁금하다는 표정을 지었다.

"라비에스크가 어떤 곳인가요?"

"남서쪽에 있는 험준한 사막 도시입죠. 멸망사막을 옆에 두고 있어 거친 보물사냥꾼이 모여듭니다. 제법 이름난 보물사냥꾼 클랜도 어렵지 않게 찾아볼 수 있죠."

마부는 턱을 긁적였다.

"가는 데만 열흘이 넘게 걸릴 겁니다. 대금이 제법 나올 텐데 괜찮으십니까?"

"선불로 내지."

"아이고, 감사합니다."

마부는 금화 개수를 세고 마차를 몰았다.

그들을 태운 마차가 끼그덕대며 움직였다.

"그럼 그동안 저희와 동행하시는 건가요?"

"여행마차를 처음 이용하시나 보군요. 주로 밤에 마차를 세우고, 원하신다면 그 외의 휴식 시간을 가질 수도 있습니다.

마부 혼자 끼니와 휴식처를 해결할 능력은 되니 신경 안 쓰셔
도 됩니다."

"그렇군요. 실례지만, 성함이 어떻게 되시나요?"

"슬랭입니다."

마차를 타는 동안은 평화로운 여행이었다.

슬랭은 간혹 마차 천장 위에 물을 뿌렸다.

그러자 내부는 조금이나마 시원하고 쾌적해졌다.

"사막이 어떤 곳일지 정말 기대되는구나."

"저도 사막은 한 번도 가본 적이 없어요. 하지만 별로 좋진
않을 것 같네요."

"이 무더위에 사막 횡단이라니. 정말 시기적절한 여행이
구만."

마차는 수도를 벗어나 외진 곳으로 들어갔다.

밖이 어두워질 즈음, 슬랭이 마차를 멈춰 세웠다.

"오늘은 여기서 쉬도록 하겠습니다. 그리고 감사합니다."

"뭐가 말인가요?"

슬랭이 그들을 바라보며 싱긋 웃었다.

"오늘 밤, 저희에게 귀중한 자산을 적선해 주실 것 아닙
니까?"

어두워진 주변에서 복면을 쓴 사내들이 줄지어 나왔다.

슬랭은 소매에서 단검을 꺼내 쥐었다.

"가진 것 다 내놔."

여행마차를 위장해 금품을 갈취하는 도적 떼였다.

그런데 오늘따라 고객들의 반응이 시원찮았다.

평소라면 겁에 질리거나 진즉에 귀중품을 내놔야 정상이거늘, 이들은 시큰둥한 눈길로 자신들을 바라만 봤다.

헨릭이 한숨을 쉬며 말했다.

"이젠 뭐 놀랍지도 않다. 너, 일부러 이 마차 잡았지?"

"어."

"더럽게 재수 없는 놈."

슬랭은 혀를 찼다.

"상황 파악이 안 되나 보군."

그는 가장 연약해 보이는 여인을 붙잡아 목에 단검을 겨누었다.

그다음 일이야 뻔했다.

아이리스가 주먹을 날리자 슬랭의 턱이 돌아갔다.

"어억!"

"슬랭!"

도적들이 사납게 무기를 꺼내 들고 다가왔다.

동시에 그들의 얼굴에 불덩이가 쏟아졌다.

"아악!"

"뜨, 뜨거워!"

샤네트는 등에서 사이드를 뽑아 들며 마차에서 내렸다.

헨릭이 기가 찬 듯 웃었다.

"얼굴까지 구워버릴 필요는 없지 않냐?"

"이젠 스킬에 능숙해져서 온도 조절 할 줄 알거든요?"

능청스레 대꾸한 샤네트는 사이드를 휘둘러 다가오는 도적 떼에 맞섰다.

후열에 있던 도적 하나가 주문을 외웠다.

"서슬 퍼런 불꽃의 낙인이여! 나에게 힘이 되어 적들을 처벌할 증오심을 주고 차오르는 광휘에 맞물려 분노로 일그러진 밤의 별무리를……."

"거, 지루하네. 주문이 뭐 그렇게 길어?"

퍼걱-!

헨릭의 인형이 다리를 휘둘러 도적의 입술을 짓눌러 버렸다. 그는 마차에 걸터앉은 채로 격투가 인형 스무 개를 여유롭게 다루었다.

강윤수는 마차에서 천천히 걸어 나왔다.

그는 허리춤에 손을 짚다가 문득 깨달았다.

'무기가 없군.'

라비안의 장검과 피의 학살검은 헬킨에 의해 부서져 버렸다.

칼십자 산적단에게서 빼앗은 유품들은 꼬마 리치를 만들기 위해 전부 바쳤다.

현재 그가 가진 무기는 없었다.

"죽어라!"

이를 악문 도적이 칼을 휘둘러 왔다.

강윤수는 몸을 낮춰 칼을 피하고 도적의 목을 한 손으로 낚아챘다.

"커, 커헉!"

'뺏을까.'

짧은 찰나 강윤수는 도적이 쥔 장검을 빼앗을지 고민했다.

그러나 관두었다.

'일단 무기 없이 싸우자.'

이번이 마지막 삶이니만큼 다양한 전투를 겪게 될 것이다.

간만에 체술도 역량을 재볼 필요가 있다.

강윤수는 목을 쥔 도적을 바닥에 내려쳤다.

"커헉-!"

'권투가로 살았던 삶.'

강윤수는 가볍게 스텝을 밟았다.

도적 두 명이 다가오자 그는 자연스레 회피하는 동시에 주먹을 내질렀다.

한 놈의 관자놀이와 다른 녀석의 턱뼈를 연타해 부숴 뜨렸다.

'*각투가로 싸웠던 삶.*'

강윤수는 부드럽게 발목을 폈다.
뒤에서 기습해 온 도적의 뺨을 발등으로 후려쳤다.
도적의 뼈가 부러지는 소리가 들려왔다.

'*방랑무투가로 수행했던 삶.*'

덩치 큰 도적 한 놈과 얄팍한 몸집의 도적 세 놈이 접근해
왔다.
육중한 메이스가 코앞으로 내려왔고, 독 바른 단검 세 자루
가 동시에 목을 겨누었다.
강윤수는 과거 자신이 고안했던 12초식 방어 자세를 사용
했다.
퍼거걱-!
도적 네 놈이 연달아 쓰러졌다.

'*맨손살해자로 학살했던…….*'

강윤수가 다소 잔혹했던 삶을 떠올릴 때였다.
샤네트가 다가와 어깨를 톡톡 두드렸다.
"이미 끝났어요. 강윤수 님."

그제야 강윤수는 고개를 들어 주위를 둘러보았다.

도적들은 모두 어딘가 부러진 채 쓰러져 있었다.

슬랭이 무릎을 꿇은 채 애원했다.

"부, 부디 목숨만은 살려주십시오!"

강윤수는 본론만 말했다.

"가진 것 다 내놔."

"이놈들 봐라. 척 봐도 최상급 품종이다."

헨릭이 감탄하며 잿빛 말의 갈기를 쓰다듬었다. 각양각색의 늠름한 말 네 마리가 고삐를 맨 채 즐비해 있었다.

"저, 저희가 가진 것 중 가장 훌륭한 말들입니다."

슬랭이 비굴하게 말했다. 깊숙이 외진 곳인 만큼 도적들도 말을 타고 다녔다. 아이리스는 환히 웃으며 가장 아름다운 백마를 매만졌다.

"정말 멋지고 흰 갈기로구나. 무척 마음에 들어."

"왜, 흰 갈기 가진 생물이라면 우리도 이미 하나 있지 않냐. 화이트라고."

"웨어울프는 내 취향이 아니란다."

아이리스가 의외로 단호히 말했다.

샤네트가 궁금하다는 듯 물었다.

"웨어울프는 왜 싫어하세요?"

"그들은 형체가 변했더라도 체취로 어느 종족인지 판별하지. 그래서 도플갱어는 웨어울프를 좋아하지 않는단다."

"아…… 그렇구나."

그녀가 얼떨떨한 표정으로 말했다. 항상 같이 다니니 아이리스가 도플갱어란 사실을 자주 잊는다.

강윤수는 슬랭을 비롯한 도적들을 향해 말했다.

"돈이랑 귀중품. 마차 짐칸에 실어."

도적들은 남몰래 이를 갈았으나 별수 없는 노릇이었다. 그나마 걸음이 성한 자들이 짐칸에 가 조금씩 소지품을 내려놓을 즈음이었다.

강윤수는 거침없이 도적 몇몇을 가리켰다.

"넌 품 안에 숨긴 대지속성 지팡이와 치유력을 지닌 반지를 두고 가. 너는 보호마법이 걸린 귀걸이를 풀어서 내놔. 네놈은 뒷주머니에 보석 박힌 단검을 숨겼군."

그는 도적들의 귀중품을 모조리 파악했다. 그 탓에 도적 떼는 동전 한 푼 남김없이 깔끔하게 털렸다.

'빌어먹을!'

'저놈 도대체 정체가 뭐야!'

한몫 잡으려던 도적 떼가 역으로 털리다니! 술집 여급에게 작업 걸 이야깃거리로 안성맞춤일 만큼 우스운 꼴이었다.

헨릭은 말 네 마리의 고삐를 마차와 연결했다.

"준비됐다."

"가자."

네 사람은 마차에 올랐다.

강윤수는 마부석에 앉아 채찍질을 했다.

이끄는 말이 달라지자 마차는 빠른 속도로 나아갔다.

"멍청한 놈들."

슬랭은 마차의 뒷모습을 보며 비웃음을 흘렸다.

"이 주변에 우리가 설치한 함정이 가득하리라곤 상상도 못 하겠지?"

"수사관 클래스조차 파악 못 할 함정을 설치하는 것이 우리들이다."

"저놈들이 죽으면, 그때 우리 물건을 되찾으면 돼."

"이곳은 우리들 소굴이지. 결코 살아서 나갈 수 없을 거다. 크헤헤헷!"

도적들이 기분 나쁘게 킬킬거렸다.

"마차를 왜 그쪽으로 모세요?"

"저쪽에 함정 있어."

강윤수는 능숙히 마차를 몰았다.

9장
멸망사막

며칠 동안 마차는 쉼 없이 달렸다.

그 덕에 예정보다 훨씬 빠르게 라비에스크에 도착할 수 있었다.

차창을 타고 들어온 열기가 피부를 쿡쿡 찔렀다.

"다른 도시들과는 차원이 다르네요."

실용적 측면에서 세워진 석재 구조물이 도시에 가득했다. 돌바닥에 흐트러진 모래알이 바스락거렸다. 그리 여건이 좋은 곳이 아니다 보니 행인들의 눈매도 날카로웠다.

"그래, 나쁜 의미에서 말이야."

헨릭이 심드렁하게 말했다.

도적들의 귀중품은 실용적인 것만 빼고 나머지는 교역소에 처분했다.

거래상은 이토록 많은 물건을 어디서 챙겨왔냐며 신기해하더니 커다란 금화 주머니를 넘겼다.

"짐은 따로 챙기고 마차는 버리자."

사막에서까지 마차를 타고 다닐 수는 없는 노릇이었다.

그러나 예상외의 난관에 부딪혔다. 아이리스가 도무지 말과 헤어지려 하지 않았다. 그녀는 눈물을 글썽이며 백마의 목을 꼭 끌어안았다.

"꼭 백설이를 두고 가야만 하겠느냐?"

"백설? 말에다가 이름까지 지어줬냐?"

아이리스는 진지하게 고개를 끄덕였다.

"강윤수가 나에게 이름을 지어줬듯 나도 이름을 지어줬단다. 이름이란 무척 중요한 거야."

아이리스에게 동조하듯 백마가 푸르릉거렸다.

강윤수는 그녀를 물끄러미 보다가 말했다.

"마차는 근처 여관에 두고 가지. 나중에 찾아갈 수 있도록."

"정말 고맙구나."

아이리스가 환히 웃었다.

헨릭이 수상하다는 눈길로 바라봤다.

"너, 어째 묘하게 관대해진 것 같다?"

그러자 강윤수는 덧붙였다.

"아무리 소중하더라도 언제까지 함께할 순 없어."

"항상 그랬지만, 강윤수 님은 꼭 다 해보고 말씀하시는 것 같아요."

샤네트가 신기한 듯 말했다. 강윤수는 그녀의 눈동자를 한참 바라보다가 고개를 돌렸다.

일행은 가장 큰 보물사냥꾼 클랜에 들렀다. 모래 묻은 보물사냥꾼들이 술을 마시거나 장비를 손질하고 있었다.

카운터에 앉은 중년이 물었다.

"무슨 볼일이오?"

"멸망사막에 가려고 합니다."

"자살하려면 손쉬운 방법도 많은데 왜 그리 어렵게들 죽으려는지 모르겠군."

중년은 수납함에서 꽤 낡은 장비들을 꺼냈다.

방풍복, 야전삽, 가죽주머니, 수통, 지도, 나침반, 간이텐트 따위였다.

그는 상투적인 말투로 물었다.

"사막 처음이오?"

"아닙니다."

"그럼 잘 알겠군. 한몫 챙기려고 사막 들어갔다가 백골로 말라붙는 것들이 한둘이 아니오. 제발 욕심내지 말고 안 되겠다 싶으면 바로 돌아오시오. 괜히 아까운 목숨 축내지 말고."

샤네트는 주위의 보물사냥꾼들을 돌아보며 말했다.

"이 시기에도 멸망사막에 가는 사람들이 많은가 보죠?"

"세상 어디든 갈 데까지 간 놈들은 있으니까."

"사막에 보물이 그렇게 많나요?"

"멸망한 문명의 잔재를 노리고 가는 거요. 고대 왕의 황금 마스크를 발견했다느니, 전투신관의 명검을 찾아냈다느니 떠들어 대는 놈들도 꽤 있지. 하지만 절반 이상은 허풍이요. 황폐한 사막에서 대운을 바라느니, 차라리 하던 일이나 열심히 하길 바라겠소."

강윤수는 장비값을 치르고 나왔다.

일행은 상인에게 낙타 네 마리를 구매했다.

낙타의 구부러진 등 밑에 짐을 매달았다.

"가자."

본격적으로 사막에 다다를 순간이었다.

파이어 트롤 쉰 마리가 모여들었다.

일반 트롤과는 달리 불꽃의 힘을 가진 그들은 모여들기만 해도 대기가 이글거렸다. 각 부족을 대표하는 이들은 중책을 논하기 위해 이 자리에 모였다.

트롤 신관이 선언했다.

"우린 여신의 신랑이 필요하다!"

"여신의 신랑이 무엇인가!"

"어젯밤 실피아 여신께서 나의 꿈에 나타나셨다! 그분은 자신의 청을 들어줄 남자를 데려오라고 하셨다! 따라서 우린 여신의 신랑이 필요하다!"

파이어 트롤들은 경탄한 표정으로 술렁댔다.

대륙의 여신 실피아는 트롤들도 경외하는 대상이었다.

한 파이어 트롤이 나섰다.

"그럼 내가 여신의 신랑이 되겠다!"

"멍청하긴! 그건 말도 안 된다!"

트롤 신관이 다짜고짜 나선 놈의 꿀밤을 때렸다. 맞은 놈이 울컥하며 주먹을 쥐었지만 다른 트롤들의 중재로 참았다.

"여신의 신랑에게는 신탁의 검을 뽑을 자격이 주어진다!"

트롤 신관이 새하얀 형상의 검을 가리켰다. 모래바위에 반쯤 파묻힌 검은 검신의 일부와 칼자루만 보였다.

그럼에도 보통 수준의 무기가 아니란 것은 누가 보아도 알 수 있었다.

"그럼 내가 이 검을 뽑겠다!"

"어리석다!"

트롤 신관은 또다시 꿀밤을 때렸다.

아까 맞은 놈이었다.

그놈은 도저히 참을 수 없다는 듯 몽둥이를 들었으나 다른 트롤들이 기를 쓰고 말리는 통에 간신히 참아냈다.

"검을 뽑기 위해선 염화의 시련을 통과해야만 한다!"

"우리는 불에 강하다! 재생력도 좋다!"

"야나크의 말이 맞다! 염화의 시련 따위 우리한테는 아무것도 아니다!"

트롤 신관은 앞에 있는 트롤의 머리에 손찌검을 날렸다.

어째 또 그놈이었다.

야나크라 불린 트롤은 분통한 비명을 내질렀으나 트롤 신관은 들은 척도 하지 않았다.

"우린 여신의 신랑이 될 수 없다!"

"어째서냐! 우리도 대륙의 여신 실피아의 신탁을 원한다!"

한 트롤이 항의했다.

다른 파이어 트롤들도 동조했다.

트롤 신관은 소리쳤다.

"염화의 시련을 통과해 검을 뽑을지라도 우리에게는 가장 중요한 자격이 없다!"

"어째서냐!"

"이유를 알려줘라!"

트롤 신관은 엄숙히 말했다.

"여신의 신랑은 잘생겨야 한다!"

"나는 무지 잘생겼다! 그러니 내가 여신의 신랑이 되겠다!"

"양심 없는 놈!"

신관은 파이어 트롤의 관자놀이를 때렸다.

공교롭게도 야나크였다.

"아까부터 자꾸 나만 맞는다!"

야나크는 너무 슬퍼 눈물을 한가득 흘렸다.

다른 파이어 트롤들이 어깨를 쓰다듬으며 야나크를 심심찮게 위로했다.

"여신의 미적 기준은 우리와 다르다! 그래서 우린 여신의 신랑이 될 수 없다!"

"이건 종족 차별이다!"

"옳다! 트롤은 왜 여신의 신랑이 될 수 없는가!"

파이어 트롤들이 거칠게 항의하고 나섰다.

그러자 트롤 신관은 간단히 응수했다.

"트롤은 여신의 취향에 맞지 않는다!"

파이어 트롤들은 깊은 충격에 빠졌다.

"우리 중에선 여신의 신랑을 뽑을 수 없다! 그러니 납치해야 한다! 우리 대신 여신의 신랑이 될 수 있는 자를!"

우두머리의 말에 다른 트롤들이 술렁였다.

한 트롤이 기겁하며 소리쳤다.

"납치라니! 정말 악독하고 치졸한 행위다!"

"맞다! 전사이기 이전에 트롤로서 실격이다!"

"다들 조용히 해라! 이래서 우리가 여신의 신랑이 될 수 없는 거나!"

트롤 신관은 골치가 아픈지 송곳니를 갈았다.

"다들 이번 주에 했던 가장 나쁜 일을 말해봐라! 가장 나쁜 짓을 한 놈에게 여신의 신랑이 될 수 있는 기회를 주겠다!"

파이어 트롤들은 어리둥절한 표정이었다. 그러나 기회가 왔음을 깨닫고 다들 앞다퉈 소리쳤다.

"나는 사막을 걷다가 길 잃은 아이를 발견했다! 나를 보고 기절한 그 아이를 근처에 있는 마을에 데려다주었다! 쿠하핫! 앞으로 그 마을은 생산력도 없는 식충을 위해 먹이와 쉼터를 낭비해야 할 것이다!"

"아니, 내가 제일 나쁘다! 나는 사막의 유일한 샘물을 다른 인가에 흐르도록 파냈다! 이제 그 누구도 샘물을 독점할 수 없게 됐다!"

모두가 자신의 나쁜 일을 떠벌렸다.

그때 야나크가 자랑스레 소리쳤다.

"나는 지나가던 무고한 전갈을 밟아 죽였다!"

"오오!"

다른 파이어 트롤들이 야나크의 악독함을 칭송하며 손뼉을 쳤다.

야나크는 부끄러운지 뒤통수를 긁적였다.

"솔직히 의도한 것은 아니었다! 그냥 지나가다가 밟았다!"

"부끄러워할 것 없다! 넌 나쁘다! 여신의 신랑이 될 자격이 충분하다!"

파이어 트롤이 야나크의 어깨를 두드리며 격려했다.

트롤 신관은 한숨을 쉬었다.

"트롤은 너무 순진무구하다! 여신은 그런 자가 신랑이 되길 원하지 않는다! 적당히 세상 물정을 알아야 한다!"

"그럼 여신의 신랑은 나쁘고 잘생긴 놈인가!"

파이어 트롤들이 술렁였다.

"나쁘고 잘생긴 놈이라니! 암컷들은 왜 그런 걸 좋아하는지 모르겠다!"

"맞다! 외모든 뭐든 착한 놈이 최고인데 암컷들은 그걸 모른다!"

때아닌 취향 논쟁이 번질 기세였다.

트롤 신관은 미간을 찌푸리며 말했다.

"아무튼 사막 어디든 가서 납치해 와라! 여신의 신랑이 될 만한 자를!"

"평소 우리랑 친한 엘프 중에서 한 놈 데려오면 안 되겠는가!"

"그건 안 된다! 엘프는 평생 한 명의 짝만 만난다! 그렇기에 여신의 신랑이 되길 부탁하는 것은 무례한 행위다! 엘프 말고 다른 종족을 납치해 와라!"

파이어 트롤들은 저들끼리 떠들며 누굴 납치해 올지 고민했다.

하지만 그래 봤자 좋은 결과가 나올 리 없었다.

트롤 신관은 성을 냈다.

"여신의 신랑이 될 만한 자를 납치해 온 놈을 족장으로 삼 겠다! 그러니 빨리 떠나라!"

"오오!"

신관의 추천은 족장이 되기 위한 가장 간편한 방법이었다.

원래는 시체왕독수리의 발톱이나 대형개미지옥의 이빨을 가져오는 것이 기본 절차였다.

파이어 트롤들은 여신의 신랑이 될 자를 찾아 멸망사막 각지로 떠났다.

"덥구먼."

"덥구나."

헨릭과 아이리스는 더위에 허덕였다.

사막의 햇빛은 가히 살인적이었다.

얇은 방풍복을 걸쳐 피부를 가렸으나 뜨거운 열기는 살갗을 파고들었다.

"니들은 안 덥냐?"

헨릭이 맞은편의 강윤수와 샤네트에게 물었다.

두 사람은 땡볕 속에서도 전혀 지친 기색이 없었다.

"술 마셔서 괜찮아."

"이그누스 워리어로 전직한 이후로 더위를 별로 못 느껴요."

헨릭이 얼굴을 구겼다.

"저놈들은 인간이 아니야."

낙타를 타고 있더라도 더위를 이겨낼 방법이 없었다.

모래가 두껍게 쌓인 광활한 사막.

멸망사막이란 이름 그대로 생명체가 쉽사리 살아가지 못할 장소였다.

"아이시클 아클 소환."

강윤수가 얼음의 정령을 소환했다.

아클은 주위를 둘러보더니 대뜸 화를 냈다.

"지금 미쳤어? 감히 날 이렇게 뜨거운 사막에서 불러내?"

"냉기가 필요해."

"흥! 내가 왜 네 말을 따라야 하는데?"

"서릿발 왕관."

서릿발 왕관은 윈터킬 유적에서 얻었던 보물.

차가운 마력을 증진시켜 주고 황홀한 외관 덕에 아클이 탐을 내는 물건이다.

"쳇, 치사한 자식."

헨릭은 땀을 닦으며 눈살을 찌푸렸다.

"됐고, 이 얼음 정령 놈아. 이름대로 시원한 얼음 좀 만들어 봐라."

"여기선 얼음 못 만들어. 대기에 습기가 너무 없거든."

"아니, 언제부터 마법이 그렇게 현실적인 부분을 따졌냐?"

"흥! 살얼음도 제대로 못 만지는 인간 주제에 말이 많군! 우리 정령들의 마법은 환경에 따라 제약이 있다. 그래서 사막에선 나도 힘을 제대로 못 쓰는 거야."

"거, 더럽게 쓸모없구먼. 더울 때 못 빼먹는 얼음덩이라니."

"지금 뭐라고 했어?"

아클이 빈정대는 헨릭을 사납게 째려보았다.

바로 그때였다.

더위에 지친 아이리스가 먹잇감을 포착한 맹수처럼 아클을 끌어안았다.

"으악! 얼른 떨어지지 못해! 빌어먹을 여자 같으니라고!"

아클은 기겁하며 몸부림을 쳤으나 아이리스의 힘을 떨쳐낼 순 없었다. 아이리스는 아클의 뺨에 얼굴을 비비며 행복한 표정을 지었다.

"아클은 정말 시원하구나."

"……얼음의 정령을 냉주머니로 쓰는 경우는 대륙 역사를 뒤져봐도 전례가 없을 거예요."

샤네트가 어이없는 표정을 지었다.

강윤수는 소란스러운 동료들을 뒤로하고 사막의 저편을 바라봤다.

'우선 검부터 구해야겠군.'

하루가 저물었다. 밤이 되자 사막은 몰라보게 추워졌다.

일행은 낙타를 묶어 두고 사막 한곳에 불가를 피워냈다.

'전설 의뢰도 진행해야겠지.'

강윤수는 단말기에 의뢰 문구를 표기했다.

본격적으로 전설 의뢰를 수행하며 의뢰 내용이 구체적으로 변해 있었다.

【전설 의뢰-사막의 대신전】

고대의 문명과 숲이 발전했던 남서쪽 지대. 그러나 지금은 황량한 사막만이 남았을 뿐이다. 드넓은 사막 어딘가에는 고대인들이 모셨던 대신전이 존재한다고 전해진다. 멸망사막에서 단서를 수집해 숨겨진 대신전을 찾아내라.

*대신전은 신기루가 없는 날에만 찾아갈 수 있다.

보상-다음 의뢰인과 조우

"사막의 대신전이라. 거긴 또 왜 찾아가라는 거냐?"

헨릭이 투덜거렸다.

샤네트는 고민하듯 말했다.

"신전이라면, 역시 대륙의 여신 실피아를 모시는 곳이겠죠?"

실피아 대륙에도 현실과 마찬가지로 종교가 존재한다.

수많은 미신이 존재하지만 정식으로 인정받은 종교는 대륙의 여신 실피아뿐이었다.

대륙과 동일한 이름을 가진 여신, 실피아.

실제로 대륙 곳곳에는 여신을 모시는 신전이 많았다.

"야! 이젠 안 더우니까 놓아줘!"

아이리스는 고민한 끝에 아클을 품에서 놓아주었다. 얼굴을 잔뜩 붉힌 아클이 씩씩대며 노려보자 그녀는 싱긋 웃었다.

"다음에도 나를 기분 좋게 해주렴. 아클."

"시, 시끄러워!"

아클은 소환계로 재빨리 사라져 버렸다.

헨릭은 그 광경을 보며 픽 웃었다.

"얼음의 정령이라 그런가? 부끄럼을 잘 타는구먼."

그는 조각도로 작은 모래 결정을 깎아내고 있었다.

헨릭이 드넓은 모래 더미를 바라보며 중얼거렸다.

"그나저나 문제는 문제구먼. 이 넓은 사막에서 신전을 찾으라니. 거의 반년 이상은 걸릴 것 같은데?"

"신전을 찾아낼 계획은 없어."

모두가 강윤수를 의아한 눈빛으로 바라봤다.

강윤수는 사그라지는 불가를 부지깽이로 뒤적였다.

사막이라 땔감이 보통 귀한 것이 아니었다. 그러나 강윤수는 용케도 모래 속에서 마른 고목 뿌리를 찾아냈다.

그가 장작을 불가로 집어 던지며 말했다.

"놈들이 먼저 우리를 찾아오게 될 거야."

아침이 되었다.

채비를 갖추고 있을 즈음 강윤수의 귓가에 속삭임이 스쳤다.

–어서 오거라. 나를 찾아라. 내 숙원을 이행해라.

"네가 누구인지부터 밝히지그래."

"응? 뭐라고 하셨어요?"

"아무것도 아니야."

일행은 사막 횡단을 계속했다.

더위에도 조금 익숙해져 헨릭과 아이리스도 제법 잘 따라왔다. 그때 앞서가던 샤네트가 낙타에서 내렸다.

"시체예요!"

모래 더미 위로 새하얀 뼈마디가 보였다. 모래를 조금 파내자 허연 백골이 드러났다.

헨릭이 얼굴을 구겼다.

"우리처럼 사막 횡단하던 놈인가? 이거 괜히 불안해지네."

"사막이라 그런지 모래 속에 유폐된 백골의 숫자가 많네요."

두 사람은 괜스레 마른침을 삼켰다.

그때 헨릭이 눈썹을 가느다랗게 올렸다.

"이거 유골의 크기가 보통이 아닌데?"

조금 드러난 백골은 일부였으나 눈알 구멍의 면적이 컸다.

"오우거나 트롤의 뼈인가?"

헨릭은 야전삽으로 백골의 주변을 조금 더 파냈다. 그리고 뼛골의 크기가 생각 이상으로 어마어마한 것을 깨달았다.

백골의 주변으론 말라붙은 비늘이 갈라져 있었다.

"이 뼈의 생김새, 뭔가 익숙해요."

샤네트는 기억을 가다듬었다.

곧 뼈의 주인이 누구인지 떠올랐다.

"용아병! 예전에 맹약의 보주에서 나왔던 용아병의 환상과 생김새가 똑같아요. 골격 구조도 그렇구요."

"용아병? 드래곤이 부리는 수족들 말이냐?"

헨릭이 얼굴을 찡그렸다.

아이리스조차 불안한 표정을 지었다.

"이 사막에 드래곤이 있느냐?"

드래곤.

대륙을 평정할 만큼 강대한 힘을 지닌 존재. 평소 자신의 둥지 밖으로 나오지 않지만, 드래곤이 한 번 분노하면 대륙 일대가 파괴되는 것은 순식간이었다. 드래곤은 모든 종족과 몬스터가 두려워하는 공포의 대상이었다.

"괜찮아요. 드래곤은 엘프조차 한평생을 살아도 보기 어렵다고 들었는걸요. 설마 마주치는 일이 생기기야 하겠어요?"

"생겨."

"네?"

강윤수가 담담히 말했다.

"멸망사막에선 이그누스 드래곤이랑 싸울 거야."

순간 모두의 얼굴이 창백해졌다.

어떤 미친 드래곤은 한 왕국을 멸망시킨 전례가 있다.

그런 드래곤과 맞붙겠다고?

샤네트는 목소리를 떨며 물었다.

"농담이시죠?"

"아니."

"……어째 갈수록 여행의 규모가 감당 못 할 정도로 커진다."

헨릭이 한탄했다.

강윤수는 용아병의 뼛골을 매만졌다.

유골은 만지기만 해도 바스러질 정도로 풍화되어 있었다.

'언데드로 되살려 봤자 별 의미가 없군. 리치가 연구할 가치도 없고.'

리치는 시체를 언구해 능력치를 올릴 수 있다. 그러나 이 시체는 너무 오래되어 연구 가치가 없었다.

강윤수는 용아병의 유골에서 비늘을 벗겨냈다.

희미한 붉은색이 남은 비늘은 꽤 단단한 소재였다.

「용아병의 비늘」

꽤 오래되었음에도 견고함은 여전하다. 옷감으로 쓰기에는
질감이 부적절하다. 방패나 장식품 재료로 쓰이곤 한다. 다
만, 이 소재를 사용한 장비를 착용하면 드래곤과 적대감이
형성된다.

강윤수는 비늘을 배낭에 챙기고 낙타 위에 올라탔다.

그러곤 세 사람을 돌아보았다.

"안 가고 뭐 해."

"강윤수, 꼭 드래곤이랑 싸워야만 하느냐?"

아이리스가 울먹이는 목소리로 물었다. 도플갱어인 그녀에
게 있어 강대한 드래곤은 두려움 그 자체였다.

그는 짧게 말했다.

"어."

"우리 중 누가 죽기라도 하면 어쩌느냐?"

"안 죽어."

강윤수가 확정 짓듯 말했다.

"내가 살아 있는 한, 너희는 아무도 안 죽어."

야나크는 심각한 위기에 직면했다.

그와 함께 따라온 파이어 트롤 두 명이 소리쳤다.

"배가 고프다!"

사막에서 굶주림이란 위험한 위기였다. 파이어 트롤은 사막에서 오래 살아왔던 터라 목마름은 어느 정도 견딜 수 있었다.

그러나 허기의 고통은 매서웠다.

"야나크! 식사를 달라!"

랄퀴라는 이름을 가진 파이어 트롤이 아우성을 쳤다. 야나크는 모래 더미를 오르다 말고 뒤를 돌아보았다.

"나도 배가 고프다!"

"그럼 멈추고 식사를 하자!"

"하지만 먹을 것이 없다!"

"그럼 사냥감을 찾자!"

야나크는 그 의견에 전적으로 동의했다.

하지만 바로 찬성하면 대장의 체면이 서지 않았다.

그는 심싯 부성적으로 반응해 보였다.

"우린 제일 먼저 여신의 신랑을 찾아야 한다! 잘못하면 다른 녀석들이 우리보다 먼저 찾는다!"

"그 전에 굶어 죽겠다!"

"랄퀴 말이 맞다! 식사부터 하고 찾자!"

오르퀴도 허기진 배를 긁으며 하소연을 했다.

야나크는 크게 만족하며 고개를 끄덕였다.

"좋다! 배부터 채우고 보자! 사냥감을 찾자!"

"야나크! 멀리서 찾을 것도 없다!"

랄퀴가 모래 더미 저편을 가리켰다.

인간 넷이 각각 낙타를 타고 사막을 횡단 중이었다.

야나크는 침을 꿀꺽 삼켰다.

"낙타 고기!"

랄퀴와 오르퀴도 군침을 삼켰다.

"낙타의 혹을 떼서 우적우적 씹고 싶다!"

"저 부드러운 지방 덩어리를 배부르게 먹고 싶다!"

그러나 야나크는 망설였다.

"하지만 저 낙타들은 주인이 있다!"

"주인이 있는 물건을 함부로 빼앗을 순 없다!"

"맞다! 여신께 벌 받는다!"

세 트롤은 머리를 맞대고 끙끙 고민했다.

낙타 고기를 먹고 싶었지만, 남의 소유물을 훔칠 수야 없었다. 그때 랄퀴가 명쾌한 해답을 내렸다.

"낙타 고기를 교환하자고 하자! 교환은 나쁜 것이 아니다!"

"하지만 우리에게 낙타 고기와 바꿀 만한 것이 없다!"

야나크가 대장답게 부정적으로 말했다.

그러자 오르퀴가 몽둥이를 슬그머니 들었다.

"야나크! 이럴 때야말로 대장이 희생해야 한다!"

"그게 무슨 소리인가!"

야나크가 뒤로 슬금슬금 물러났다.

그러나 랄퀴에게 발목이 잡혔다.

"야나크! 대장으로서 체면을 보여라!"

"시, 싫다!"

"잡아라!"

일행은 황당한 난관에 부딪혔다.

커다란 파이어 트롤 세 명이 진지한 태도로 그들 앞을 막아선 것이다.

"싸우자는 건가요?"

샤네트가 눈매를 세운 채 사이드로 손을 가져갔다.

그러자 가장 덩치가 큰 파이어 트롤이 나섰다. 어째선지 그 트롤의 머리에는 커다란 혹이 나 있었다.

"나는 야나크다! 너희에게 제안할 것이 있다!

"무슨 제안?"

"나와 낙타 고기를 교환하자!"

"그게 뭔 소리냐?"

헨릭이 황당한 얼굴로 물었다.

야나크는 자랑스러운 목소리로 소리쳤다.

"낙타 네 마리를 넘기면, 내가 기꺼이 너희의 일행이 되겠다!"

강윤수가 간단히 대답했다.

"싫어."

"이럴 수가!"

설마 거절당할 줄은 몰랐다는 듯 세 트롤은 당황한 표정을 지었다.

"야나크! 이게 무슨 재앙인가!"

"충격이다! 내가 낙타 네 마리 값도 못하다니!"

야나크는 정말 충격을 받았는지 눈물을 후드득 흘렸다.

헨릭은 귀찮다는 듯 손을 휘저었다.

"세상 살다 보니 별놈들을 다 보네. 볼일 다 봤으면 비켜라."

"잠깐!"

야나크가 눈물을 닦아낸 뒤 일행을 살폈다.

그는 강윤수와 헨릭을 가리켰다.

"이제 보니 두 놈이 남자다!"

"이놈들도 여신의 신랑이 될 수 있을지 모른다! 하지만 여신의 신랑은 잘생겨야 한다!"

"누가 잘생겼는지 모르겠다!"

세 트롤이 술렁였다.

곧 야나크가 물었다.

"인간 기준을 모르겠다! 누가 잘생겼나!"

얼결에 헨릭이 어물거리며 대답했다.

"뭐, 그거야…… 우린 둘 다 잘생겼는데?"

"좋아! 납치해 가겠다!"

"뭐?"

세 파이어 트롤이 몽둥이를 들었다.

그들이 두 남자에게 다가왔다.

"계획이 바뀌었다! 너희 남자 두 명은 우리에게 납치돼라!"

"그게 무슨 소리예요?"

샤네트가 강윤수의 앞을 가로막으며 소리쳤다.

그러자 야나크가 몽둥이로 바닥을 내려쳤다.

"암컷은 필요 없다!"

콰직—!

샤네트의 주변으로 모래 먼지가 휘날렸다. 그녀는 뒤로 물러나기는커녕 제자리에 올곧게 서 있었다.

오히려 야나크가 당황해 물었다.

"어디 안 다쳤나!"

"야나크! 너무 세게 쳤다!"

"무고한 암컷한테 지금 무슨 짓인가!"

반면 샤네트는 팔짱을 끼고서 눈썹을 올렸다.

"지금 강윤수 님이랑 헨릭 아저씨를 납치해 가겠다구요?"

"그렇다! 우린 여신의 신랑이 필요하다!"

"그럼 왜 본인들이 여신의 신랑이 될 생각은 하지 않는 거죠? 당신들도 남자잖아요."

"여신은 우리를 싫어한다!"

야나크가 울분에 찬 목소리로 말했다. 다른 두 트롤도 울적해져 눈물을 흘렸다.

"여신의 기준에서 우리는 못생겼다! 거기다 착해 빠져서 못써먹는다고 한다! 그래서 우린 신랑이 되지 못한다!"

"그렇지 않아요. 당신들도 충분히 멋진 남자인걸요."

"그럴 리가 없다! 뻔한 거짓말이다!"

야나크가 눈물을 쏟으며 부정했다. 그러자 샤네트는 차갑게 쏘아붙였다.

"당신들은 바보예요. 자기들을 왜 스스로 깎아내리고 부정하죠? 왜 먼저 상대방이 자기를 싫어할 거라고 생각하나요?"

"그건 당연하다! 우리가 못났기 때문이다!"

"천만에요. 당신들은 전혀 못나지 않았어요."

"어, 어째서냐!"

"당신들에게는 강한 힘과 치유력, 불꽃의 열기가 있어요. 주눅 들 필요는 전혀 없어요. 좀 더 용기를 가져요. 당신들은 좋은 남자니까."

"맙소사! 그런 말을 해준 암컷은 네가 처음이다!"

야나크는 양손으로 얼굴을 비비며 오열했다.

랄퀴와 오르퀴도 엉엉 울었다.

그녀는 부드럽게 말했다.

"저는 오히려 놀랐어요. 당신들처럼 좋은 남자들이 어째서 납치 같은 흉악한 범죄 행각을 벌이는지 말이에요."

"우리도 원해서 이러는 것이 아니다! 신관이 잡아 오라고 시켰다!"

세 트롤은 당황해 술렁였다.

"그럼 힘을 쓰지 말고 정정당당히 안내하세요. 그래야 납치라는 오명을 씻을 수 있지 않겠어요?"

"좋다! 그렇게 하자!"

단순한 파이어 트롤들은 금세 몽둥이를 내렸다.

헨릭이 속삭였다.

"너, 많이 늘었다?"

"당연하죠. 누구랑 같이 다녔는데요."

강윤수는 말했다.

"아이리스."

"알겠다."

아이리스는 세 트롤의 뒤로 걸어갔다.

세 트롤은 아무런 생각 없이 뒤통수를 내보이고 있있다.

그녀는 높이 뛰어 주먹을 휘둘렀다.

퍼버벅—!

"끄어억!"

파이어 트롤들은 불의의 기습을 당하고 앞으로 쓰러졌다.

헨릭이 정신을 잃은 트롤들을 바라보며 물었다.

"이것들 어쩔 거냐?"

"동행할 거야."

"뭐?"

강윤수는 용아병의 비늘을 꼬아 밧줄을 만들었다.

그것으로 트롤들의 몸을 묶었다.

"이 트롤들이 우리를 대신전으로 데려갈 테니까."

"근데 몸을 왜 묶어?"

그는 당연하다는 듯 말했다.

"협박하려고."

야나크는 깨어났다. 그리고 자신의 몸이 묶여 있음을 깨달았다. 랄퀴와 오르퀴도 함께 속박되어 있었다.

"우릴 풀어줘라!"

"싫어."

강윤수는 세 트롤을 보며 말했다.

"우리를 대신전으로 안내해. 그럼 풀어주겠다."

"그럴 순 없다!"

야나크가 비명 지르듯 말했다. 사막의 대신전은 파이어 트롤들만이 위치를 아는 비밀스러운 장소였다.

다른 이종족을 데려간다는 것은 말이 되지 않았다. 트롤들은 몸에 묶인 밧줄을 끊으려 했지만, 무슨 소재로 만들어졌는지 무척이나 질겼다.

"그런 일은 절대 할 수 없다! 무슨 고문을 해도 우린 굴하지 않는다!"

"굶기겠다."

"크허허헉!"

파이어 트롤들이 어찌 그런 잔인한 짓을 할 수 있냐는 눈빛을 해보였다.

강윤수는 아랑곳하지 않고 동료들을 돌아보며 말했다.

"점심 먹자."

"잔인하다!"

샤네트가 곧바로 배낭에서 재료를 꺼내 수프를 끓였다.

구수한 향내가 굶주린 배를 자극했다.

결국 야나크가 못 이기는 척 소리쳤다.

"풀어줘라! 우리가 너흴 대신전으로 안내하겠다!"

강윤수는 세 트롤을 풀어주었다.

그가 지친 기색의 트롤들을 향해 물었다.

"배고파?"

"그렇다!"

"내가 요리를 하지. 대신 사냥을 도와."

"정말인가!"

세 트롤이 반색했다.

샤네트는 놀란 표정을 지었다.

"강윤수 님이 직접 요리를 하신다구요? 웬일로요?"

지금껏 여행해 오며 수프 한 그릇 끓이지 않던 강윤수였다.
그는 아이리스를 흘깃 쳐다봤다.

"약속했으니까."

"강윤수는 정말 좋은 남자구나."

아이리스는 기쁘게 웃었다.

반면 샤네트는 불만스러운 눈빛으로 두 사람을 바라봤다.
요리를 하더라도 트롤 세 명 몫의 음식을 만들려면 재료가 부
족했다.

"전갈을 잡자."

"전갈? 그거 가지고 끼니가 되겠냐? 저놈들 배 속까지 채
우려면 한 수천 마리는 잡아야 할 것 같은데."

헨릭이 방금 끓인 수프를 후루룩 마시며 말했다.

강윤수는 고개를 가로저었다.

"한 마리만 잡아도 충분해."

사막의 대형전갈 떼.

꼬리에는 맹독을 지녔고 모래 위를 누비는 속도는 무시무시했다. 대형전갈 한 마리가 이동할 때마다 모래가 사방으로 튀었다.

레벨 230대 이상에 속하는 대형 몬스터들.

강윤수는 모래 더미 너머의 전갈 떼를 바라보며 생각에 잠겼다.

'지금 내 레벨이 177이지.'

대륙의 강자는커녕 중수조차 되지 못하는 레벨. 노련한 대륙인은 레벨 300이 넘는 경우도 심심찮았다. 정말 강력한 보스 몬스터는 레벨 500을 넘기는 일도 있다.

레벨 성장이 결코 느려선 안 된다. 그러나 스킬의 향상과 아이템 획득 역시 게을리할 수는 없다.

'단순히 레벨만 올리는 것이 아니라, 전체적인 부분을 생각해야 해.'

회귀 시점으로부터 마황이 나타나기까지의 시간은 20년.

어느덧 회귀한 지도 90일의 시간이 흘렀다.

남은 시간 동안 전투를 거듭해 최고로 올라서야만 했다.

'마지막 삶이니만큼 모든 분야에서 정점이 되어야 한다.'

강윤수는 배낭에서 아이템을 꺼냈다.

도적 떼에게서 훔쳐낸 전리품 중 가장 좋은 것들이었다.

「흙의 지팡이」

등급-희귀

마나 증가량: 55

대지의 축복이 깃든 지팡이. 세 종류의 특수마법을 사용할 수 있다. 늪지대, 사막, 진흙탕에서 위력이 증가한다. 다만, 비가 오면 사용할 수 없다.

「활기흡착의 반지」

등급-희귀

활기흡수율-47

흡혈귀의 체액을 뽑아내 만든 반지. 피해를 입힐 때마다 적의 활기를 크게 흡수한다. 그러나 착용자의 생명력이 일정 이상 줄어들면 반지가 체력을 뽑아 먹는다.

강윤수는 아이템을 착용하고 모래 위로 올랐다.

그는 흙의 지팡이를 들고 주문을 외웠다.

"샌드 웨이브."

흙의 지팡이가 별로 좋은 성능의 아이템은 아니다. 땅을 들어내더라도 그 범위와 위력은 한정되어 있다. 그러나 무대가 사막이라면 이야기는 달라졌다.

퍼버버벅-!

모래 더미가 크게 요동쳤다. 동시에 대형전갈 떼의 움직임이 나뉘었고 한 마리가 고립되었다.

파이어 트롤 셋이 몽둥이를 들고 치고 나갔다.

"죽어라!"

트롤의 사고방식은 참으로 단순했다. 먹기 위해 죽이는 것은 괜찮다. 하지만 배부른데 죽이는 것은 나쁘다.

후자는 무의미한 살상이니까.

도덕의 관념을 잊은 파이어 트롤들의 전투는 강렬했다.

"코로록-!"

트롤들이 몽둥이를 내려칠 때마다 두꺼운 전갈 껍데기에 금이 갔다.

그야말로 무시무시한 악력. 대형전갈은 곧바로 독침을 찌르며 반격했으나 트롤들은 피하지 않았다.

"모기가 물었나! 전혀 아프지 않다!"

트롤 세 명의 피부가 뜨겁게 달아올랐다.

파이어 트롤의 종족 특성.

뜨겁게 달군 피부는 철판처럼 단단해지고, 웬만한 타격을 무시했다.

"코로록-!"

대형전갈이 괴로워하며 도주 경로를 바꾸었다.

미리 대기하던 샤네트가 달려와 불꽃을 휘감은 사이드를

휘둘렀다.

"파이어 스트라이크!"

시커먼 사이드의 날카로운 부분이 대형전갈의 관절 부위를 꿰뚫었다.

동시에 대형전갈의 속도가 대폭 느려졌다.

피해를 입은 적에게 무작위로 일곱 가지 저주 중 하나를 내리는 데스 사이드의 특성.

"실 묶기."

헨릭이 마나의 실을 길게 뽑아 대형전갈의 꼬리를 봉쇄했다. 독성이 깃든 꼬리를 움직일 수 없게 되자 대형전갈은 금방 무력해졌다.

어느새 다가온 아이리스가 주먹을 세차게 내려쳤다.

콰직-!

대형전갈의 껍데기가 사방으로 으깨졌다.

강윤수가 지팡이를 휘두르며 마무리를 지었다.

"예리한 암석의 파편을 세상으로."

사막에 묻혀 있던 모래암석들이 솟구쳤다.

대형전갈은 암석폭풍을 맞고 목숨을 잃었다.

강윤수의 지휘를 따라 일행은 17마리의 대형전갈을 더 사냥했다.

"이겼다!"

"배 터지게 먹자!"

파이어 트롤들이 기쁜 춤사위를 벌였다. 강윤수는 식재용으로 살이 오른 암컷 전갈 두 마리를 골랐다. 그리고 나머지 대형전갈 사체를 바라봤다. 언데드로 되살리면 좋겠지만, 그러기에는 레벨 격차가 너무 났다.

'아직 다중시체부활 스킬의 레벨이 모자라군.'

스킬 레벨이 오르면 점차 강대한 시체도 부활시킬 수 있으리라. 강윤수는 오른손을 내밀었다.

"꼬마 리치 소환."

"무슨 일인가. 주인."

땅딸막한 리치가 소환되었다.

그는 대형전갈의 사체를 가리켰다.

"사체를 연구해라."

"고맙다, 주인."

본래 리치는 학구열이 많고 연구하길 좋아한다. 특히 시체 관련 연구는 현재 꼬마 리치의 부족한 지식을 채워줄 것이다. 꼬마 리치는 대형전갈의 이곳저곳을 살피기 시작했다.

「꼬마 리치가 대형전갈의 신체 구조를 연구합니다. 지식이 3 올랐습니다.」

「꼬마 리치가 죽음에 관한 의미를 조금 배웠습니다. 흑마법의 경지가 조금 오릅니다.」

거기서 그치는 것이 아니었다.

꼬마 리치는 대형전갈의 꼬리를 살피더니 맹독을 뽑아냈다.

"모든 걸 녹이는 산성마법을 익히고 싶다. 아직 지식이 부족하지만, 독을 가진 사체를 많이 연구하면 새로운 마법을 깨우칠 수 있을 것 같다."

스스로 새 마법을 익힐 기회까지 얻는다. 리치는 정령이나 웨어울프와는 달리 스스로 성장할 수 있는 소환수였다.

'앞으로 다양한 사체를 연구할 기회를 줘야겠군. 새로운 스킬을 배우게 되는 기회도 생길 테니.'

꼬마 리치는 네크로맨서 전승비기를 익힌 강윤수와 궁합이 잘 맞는다. 리치라는 천혜의 종족을 타고난 소환수인만큼 성장 가능성도 무한했다.

강윤수는 식재용으로 마련해 둔 전갈들로 시선을 돌렸다.

'하기 싫군.'

그는 기본적으로 요리를 싫어했다. 딱히 가리는 음식이 없었고, 자주 먹는 것이라고 해봤자 독한 술뿐이다.

그러니 굳이 맛있는 음식을 만들 필요성을 못 느꼈다.

샤네트가 곁에서 소매를 걷었다.

"제가 도와드릴까요?"

"아니."

아이리스에게 자신이 요리를 해주겠다고 약속했다. 그러니 싫어도 약속을 지켜야 했다. 이번이 그의 마지막 삶이니까.

'먹을 만한 부위를 골라낸다.'

강윤수는 도적에게서 훔쳤던 단검을 들고 대형전갈을 해체했다. 껍데기를 깨뜨리고 나자 연한 속살이 드러났다.

'그다음은 양념.'

시장가에서 사 왔던 향신료를 골고루 묻혔다. 워낙 속살이 많아 바위에 두고 양념을 해야만 했다.

강윤수는 프라이팬을 들었다.

'익히는 데만도 시간이 꽤 걸리겠군.'

태양열을 이용해 넓적한 바위에 익히는 방법도 있었다. 하지만 그러면 속살을 고루 익히기가 힘들어진다. 강윤수는 절충안을 생각해 냈다.

"샐러맨더 샐리 소환."

"우와! 여기 어디야?"

소환된 샐리는 사막의 열기에 기분 좋게 웃었다.

샐리가 강윤수의 다리에 찰싹 달라붙었다.

"아빠! 아빠! 여기 너무 마음에 들어! 뜨거워서 좋아!"

"샐리."

"응! 누구랑 싸우면 돼?"

강윤수는 프라이팬을 샐리의 머리 위로 올렸다.

"불 좀 대줘."

"으아앙! 엄마! 아빠가 샐리 놀려!"

샐리가 훌쩍이며 샤네트에게 매달렸다.

그녀는 샐리의 머리를 쓰다듬으며 한숨을 쉬었다.

"불의 정령을 화톳불로 쓰는 경우도 아마 우리가 처음일 거예요."

결국 샐리는 울상을 지으며 전갈 고기를 익혔다.

그때 전갈 껍데기를 버려둔 곳에 큼지막한 독수리 한 마리가 내려왔다. 시체독수리가 부리로 모래 바닥을 콕콕 찌를 때 강윤수는 곧바로 단검을 던졌다.

"꿰액!"

시체독수리가 칼을 맞고 버둥거렸다.

강윤수는 태연히 새의 목을 꺾고 깃털과 내장을 빼냈다.

지글지글.

전갈 고기가 붉게 달아올랐다. 독수리 통구이도 골고루 익어 갔다. 열기를 타고 군침 도는 냄새가 퍼졌다.

「열악한 환경에서 훌륭한 요리를 만들어냈습니다.

새로운 스킬, 생존식이 생성됩니다.」

「생존식」

스킬 레벨-Lv1(00.00%)

식재료를 구하기 힘든 환경에서 필수적인 요리기술이다. 괴악한 식재료에서도 맛을 이끌어낼 수 있다.

강윤수는 애초에 요리에 관심이 없으므로 별 의미 없는 스킬이었다.

야나크가 조바심을 냈다.

"언제 먹으면 되는가!"

"이제 먹어도 돼."

트롤들은 게걸스럽게 음식을 먹기 시작했다. 샤네트, 헨릭, 아이리스도 자리를 잡고 식사했다. 헨릭이 한쪽 눈썹을 올렸다.

"전갈 고기는 처음 먹어보는데 이거 생각보다 괜찮다?"

전갈 특유의 비린내는 향신료로 깔끔히 잡아냈다. 딱히 잔재주를 피우지 않고 본연의 맛을 살려낸 구이 요리였다. 눈앞이 아득할 지경이 될 만큼 천하일미는 아니었지만, 충분히 맛좋은 요리였다.

"정말 맛있구나."

아이리스도 흡족하며 미소 지었다.

반면 강윤수는 그들의 식사하는 모습을 보며 술만 홀짝였다.

"안 드세요?"

"입맛 없어."

그들은 한동안 식사에 열중했다. 그사이 샐리는 사체를 연구하는 꼬마 리치에게 종종걸음으로 다가갔다.

"리치야! 리치야! 샐리랑 술래잡기하자!"

"좋다."

꼬마 리치는 하던 연구를 관두고 샐리에게 갔다.

착한 꼬마 리치는 샐리랑 잘 놀아주었다.

"우와! 너무 좋아! 샐리랑 같이 놀아준 건 리치가 처음이야!"

샐리는 너무 기쁜 나머지 조그만 해골을 꼭 껴안고 입맞춤을 해줬다.

"아클도 너처럼 착하면 좋을 텐데! 걘 너무 제멋대로야."

꼬마 리치는 천천히 고개를 저었다.

"샐리, 그렇지 않다. 아클도 사실은 굉장히 착하다."

샐리는 뺨을 잔뜩 부풀렸다.

"거짓말! 아클은 샐리를 미워해. 누나라고도 안 불러준단 말이야!"

"그건 아클이 부끄러워서 그런 거다. 샐리와 아클은 얼마든지 친하게 지낼 수 있다. 어찌 됐든 남매이지 않은가."

"……정말? 리치는 우리가 남매 같아 보여?"

"물론이다."

전혀 어울리지 않는 두 소환수는 의외로 사이좋게 지냈다. 원하는 만큼 배불리 전갈 고기를 먹은 야나크가 벌떡 일어났다.

"강윤수! 너는 우리에게 식사를 대접했다! 이제 너는 우리의 친우다! 너흴 대신전으로 안내하겠다!"

고작 식사 한 끼로 맺어지는 우애. 트롤과의 관계는 비록 엉뚱하게 시작되는 경우가 잦지만, 그 우정은 진심이었다.

'이번에 상대할 적은 시간을 다룬다. 자칫하면 나도 죽을지 몰라.'

강윤수는 술병을 깨끗이 비웠다.

'그러니 모든 노력을 기울여야 해.'

10장
시간의 제왕

"카츠! 드디어 찾았다!"

허드슨이 소리쳤다.

카츠는 도굴 작업을 멈추고 그가 있는 쪽으로 달려갔다.

"확실한 거야?"

"방금 여기서 내 탐지스킬이 반응했어. 젠장, 오래도 걸렸군."

허드슨은 조심스레 석벽을 망치로 후려쳤다. 오래된 석벽이 부서지며 숨겨져 있던 보물이 드러났다.

커다란 관이었다.

카츠가 마른침을 삼켰다.

"누구의 시체가 들었을까?"

"최소한 고대귀족이 분명해."

"어째서?"

"관에 새겨진 문양을 봐. 엄청 화려하잖아."

두 도굴꾼은 두 달 전 이곳에 당도했다. 사막을 헤매다 모래 구덩이에 빠졌는데 예상외로 넓은 장소로 떨어졌다.

중간에 있던 통로가 오랜 세월로 풍화되었고 두 사람은 거기로 떨어진 모양이었다.

"썩을, 그동안 했던 개고생이 눈앞에 훤하군."

두 도굴꾼은 출구를 확보해 둔 뒤 이곳을 탐색했다. 누군가를 위해 만들어진 무덤 같았다. 알 수 없는 문자가 쓰인 석벽과 여러 빛깔의 벽화는 척 봐도 보물의 냄새를 솔솔 풍겼다.

아니나 다를까, 하루도 지나지 않았는데 희귀한 보석을 잔뜩 찾아냈다.

"현실로 가져가면 이게 몇 엔화야?"

"환율은 모르겠지만, 적어도 수천 달러 이상은 호가하겠다."

두 도굴꾼은 더 깊이 들어가지 않고 보석을 챙겨 나갔다.

오래된 무덤에서 괜히 욕심부렸다가는 큰 화를 입는다는 속설 탓이었다.

그러나 기껏 도굴한 보석은 악덕 수사관에게 걸려 모조리 털려 버리고 말았다.

"대신 자네들이 지금껏 해온 절도죄는 면해주지. 그걸로 된 것 아닌가?"

억울해 미칠 노릇이었다.

결국 두 사람은 도로 멸망사막에 들어섰다. 그때 그 무덤을 되짚어 찾는 데는 훨씬 더 많은 시간이 걸렸다.

그동안의 고생도 있고 하니 둘은 작정하고 무덤에서 가장 귀한 보물을 찾아내기로 했다. 따지고 보면 고작 속설 때문에 보물을 포기하는 것도 우스운 꼴이었다.

"이 관이 가장 귀한 보물이란 말이지?"

"일단 열어 보자. 보통 관에는 시체와 함께 귀중품이 든 경우가 많으니까."

두 사람은 관 뚜껑에 손을 대고 힘껏 들어 올렸다. 그러나 관은 조금도 열릴 기미가 없었다. 딱히 자물쇠가 걸린 것이 아닌데도 관 뚜껑은 쇳덩이처럼 무거웠다.

"휴우! 이거 뭐지?"

"어떻게 해야 열리는 거야?"

그때 두 사람의 단말기에서 커다란 진동이 울렸다.

「고대왕 카르테온의 오랜 잠을 깨웠습니다.」

떠오른 문구는 그것뿐이었다.

그러나 알 수 없는 불안감이 차올랐다.

"뭔가 이상한데……."

허드슨이 중얼거렸다.

그때 관 뚜껑이 덜컥였다. 관 틈 사이로 삐져나온 오른손이 허드슨의 팔뚝을 움켜쥐었다.

"으, 으아악—!"

허드슨이 비명을 끝마칠 새도 없었다.

그의 형체는 순식간에 말라비틀어져 가루가 되어버렸다.

카츠는 눈을 크게 뜨며 검을 거머쥐었다.

"뭐, 뭐야! 허드슨!"

관 뚜껑이 스르륵 열렸다. 빼빼 마른 시체가 천천히 몸을 일으켰다. 머리칼은 없고 눈알, 귀, 입술은 거의 없다시피 훼손되어 있었다. 그러나 화려한 장신구를 치장했고 목 중앙에는 모래시계가 매달려 있었다.

카츠는 도망치는 것도 잊은 채 몸을 덜덜 떨었다.

"지금이 몇 년이냐."

시체가 쇠를 긁는 목소리로 물었다.

카츠는 너무 놀라 벌벌 떨고만 있었다.

시체는 약간 틈을 뒀다가 다시금 물었다.

"대답해라. 방금 놈처럼 수명을 단축시키고 싶지 않으면."

"레, 레오르칸 제국력 468년 태양의 달 15일이다."

카츠가 단말기에 표시된 날짜를 보며 대답했다.

"레오르칸 제국력?"

시체는 가느다란 손가락으로 안면을 훑었다.

"레오르칸이 지금 대륙을 지배하고 있는 왕조의 이름인가?"

"그, 그렇다."

"세월이 많이 흘렀군."

시체는 뼈마디나 다름없는 손아귀를 쥐었다가 폈다.

자신의 몸이 부자연스럽기라도 한 것처럼.

"부활은 소모 시간이 오래 걸리는군. 신체도 성하질 않고."

카츠는 용기를 짜내 물었다.

"너, 너는 뭐 하는 놈이냐?"

"도망치지 않고 내게 질문한 어리석음을 가상히 여겨 답해 주겠다. 나는 샤르샤논의 제왕 카르테온 드 라실이다."

"샤, 샤르샤논?"

카츠가 두 눈을 크게 떴다.

도굴꾼 노릇을 하는 놈이 샤르샤논을 모를 리 없었다.

고대에 번성했던 옛 왕국 샤르샤논. 멸망사막에서 발견되는 무수한 보물과 유품들도 샤르샤논의 잔재였다.

정말 자신이 고대의 제왕을 깨워냈단 말인가?

"최근 세상의 지식이 필요하다. 너는 살려 둘 가치가 있군."

시체, 아니, 카르테온은 관에서 일어났다.

카르테온은 밖으로 걸어갔고, 카츠는 그 뒤를 따랐다.

원해서 그런 것이 아니라, 몸이 멋대로 움직였다.

"세상은 얼마나 바뀌었나? 아직도 늑대를 타고 점토판에 글귀를 새기나?"

"느, 늑대보다는 말을 탑니다. 그리고 점토판이 아니라 종이에 펜촉으로 글귀를 적습니다."

"조금은 진보했군."

카르테온은 그 밖에도 대륙에 관한 정보들을 물었다. 대륙의 인구수, 제국의 정치, 전투 병력, 화폐 시세, 기후와 지리 등등. 카츠도 정확히 알지 못하는 것들도 있었지만, 죽을까 두려워 즉각 대답했다.

알아듣기 어려운 용어가 많았을 텐데도 카르테온은 대강 이해한 듯 고개를 끄덕였다.

카츠는 우물쭈물거리다가 말했다.

"사, 사실 저는 대륙 출신이 아닙니다. 다른 세상에서 왔습니다."

"다른 세상?"

카르테온이 흥미롭다는 듯 물었다.

카츠는 손목에 찬 단말기를 가리키며 말했다.

"이것을 착용한 사람은 다른 세상에서 온 자들입니다. 저희는 이곳과는 다른 세상에서 살아가다가 갑자기 이 실피아 대륙으로 이전되었습니다."

"그 이유는?"

"아무도 알지 못합니다."

"난 대충 예상이 가는군."

카르테온은 낮게 웃었다.

"안타깝군. 너흰 평생 원래 살던 세계로 돌아가지 못할 것이다."

카츠는 그 말을 이해하지 못해 고개만 갸웃거렸다. 카르테온의 태도가 얼추 호의적으로 변하자 그는 용기를 내어 물었다.

"제왕께서는 어떤 죽음을 당하셨습니까?"

순간 괜히 물었나 하고 후회했다.

그러나 의외로 카르테온은 순순히 답해 주었다.

"나는 시리안이란 자에게 암살당해 죽었다. 하지만 시간의 힘으로 부활했지."

"시, 시간의 힘이요?"

"나는 시간을 다룰 수 있다."

카츠는 입을 떡 벌렸다.

카르테온은 그 모습을 보더니 픽 웃었다.

"사실 너와 처음 조우했을 때, 나는 너를 죽였다. 네가 곧바로 대답하지 않아 짜증 나더군."

"예, 예?"

"하지만 정보가 필요하다고 판단해 시간을 3초 뒤로 되돌렸지. 그래서 너는 지금 살아 있다."

카츠는 마른침을 삼켰다.

"그, 그런 일이 가능합니까?"

"나는 생명체를 죽이거나 기다리면 시간의 힘이란 것을 얻는다. 그것을 사용해 세상의 시간을 조금 되감거나 멈출 수 있지."

"세상에!"

카르테온은 커다란 대문 앞에 섰다.

카츠와 허드슨이 갖은 애를 써도 열리지 않던 문이었다.

그러나 카르테온이 마른 손바닥을 대자 문은 스르륵 열렸다.

"하지만 모자라. 나는 시간의 힘이 더 필요하다."

석실에는 수많은 미라가 관 속에 들어 있었다. 인간 크기부터 시작해 거의 집채만 한 것들도 보였다.

카르테온은 손을 길게 휘둘렀다.

"깨어나라, 나의 군사들이여. 나의 무력을 재개할 순간이 도래했다."

붕대 감긴 미라들이 거동하기 시작했다.

끝없이 이어진 복도를 뒤따르면 수천의 미라들이 있을 것이 분명했다. 거구의 미라가 대검을 역수로 꽂고 소리쳤다.

"제왕이시여, 세월을 딛고 깨어난 저희의 목적은 무엇입니까?"

고대왕 카르테온은 선언했다.

"과거 회귀! 모든 생명을 말살하고 시간의 힘을 축적해 나는 과거로 회귀할 것이다."

강윤수는 귓등을 긁적였다.

무척 짜증스러운 소리를 듣기라도 한 것처럼.

"저곳이다!"

이글거리는 아지랑이 너머로 커다랗고 흰 신전이 보였다.

파이어 트롤 셋과 다닌 지 나흘 만에 도착한 곳이었다.

"우리를 안으로 데려가 줘."

"응? 신전까지 갈 생각인가!"

강윤수는 고개를 끄덕였다.

그들이 대신전으로 들어가려 하자 보초를 서던 파이어 트롤이 막아섰다.

"지금 장난하나! 트롤 외의 종족은 대신전에 출입할 수 없다!"

"이들은 우리의 친우다!"

"그래도 안 된다!"

방법이 없었다.

야나크는 우물거리다가 어설픈 거짓말을 했다.

"이 두 놈은 우리가 여신의 신랑으로 납치해 왔다! 그러니 통과시켜 줘라!"

"다른 두 암컷은?"

"어, 이 수컷들의 짝이라서 놓고 올 수 없었다!"

"진작 그렇게 말할 것이지!"

보초를 선 트롤이 통과시켜 주었다.

신전에 들어오고 나서 야나크는 자기 이마를 때리며 자책했다.

"동족에게 거짓말을 하다니! 난 정말 나쁜 놈이다!"

강윤수가 대신전 안으로 들어서는 순간, 단말기가 울렸다.

「【전설 의뢰-사막의 대신전】을 완수했습니다.
다음 의뢰인은 대신전 안에 있습니다.」

신전의 내부는 넓고 시원했다.

다른 파이어 트롤들이 쉰 마리 가까이 모여 있었다.

"야나크 일행이 왔다!"

"너희가 제일 마지막이다!"

다들 족장이 되기 위해 여신의 신랑 후보를 납치해 왔다.

샤네트는 눈을 크게 뜨더니 속삭였다.

"그런데 저런 것들도 여신의 신랑이 될 수 있어요?"

"난들 알겠냐. 원래 트롤 머릿속 이해할 바엔 호밀빵 한 조각 더 먹으란 격언이 있다."

"호밀빵을 먹으라니. 아주 좋은 말이구나. 그런데 누가 그런 말을 했느냐?"

"내가 지어냈다."

신관 트롤이 앞으로 나섰다.

다들 족장이 되고 싶어 안달이 나서 지나치게 소란스러 웠다.

"다들 조용!"

신관 트롤이 조용히 시켰다.

늙은 트롤은 노련한 눈초리로 주위를 살폈다.

"여신의 신랑이 될 후보로 누굴 데려왔는가!"

"내가 먼저 나서겠다!"

가장 앞에 있던 파이어 트롤이 자신만만하게 나섰다.

그는 커다란 도마뱀의 목줄을 들어 올렸다.

"사막을 다니던 모래도마뱀이다! 아랫도리를 확인해 본 바, 아주 튼실한 수컷이다! 신랑이 될 자격이 충분하다!"

"네놈이 아주 미쳤구나!"

"어째서인가! 밤일도 잘할 거다!"

그 트롤이 억울해하자 신관 트롤은 꿀밤을 때렸다.

다른 트롤들도 거의 그런 식이었다.

조그만 수컷 거미부터 시작해서 수컷 방울뱀, 수술 사막 꽃을 들고 온 놈들도 보였다.

그나마 봐줄 만했던 후보는 작은 키의 드워프였다.

"긴장하지 마라! 이것만 하고 풀어줄 거다!"

드워프를 납치해 온 트롤이 다독이며 그의 손에 묶인 족쇄를 풀어주었다. 동시에 드워프는 배낭에서 시커먼 구슬을 꺼내 바닥에 던졌다.

거친 연기가 피어났고, 어느새 드워프는 사라져 있었다.

"이놈이 도망쳤다!"

파이어 트롤은 주먹을 불끈 쥐며 울분을 토했다.

헨릭은 기가 막힌 듯 웃었다.

"개판이 따로 없구먼."

결국 마지막 남은 것은 야나크뿐이었다.

야나크는 거드름을 피우며 자랑스레 말했다.

"결국 내가 데려온 후보가 여신의 신랑이 될 것이다!"

신관 트롤이 다가와 강윤수와 헨릭을 면밀히 살폈다.

특히 그의 시선은 강윤수에게 오래 가 있었다.

신관 트롤은 고개를 끄덕였다.

"좋다! 이들은 여신의 신랑이 될 자격이 있다! 다들 염화의 시련을 준비하라!"

파이어 트롤들이 분주히 움직이기 시작했다.

샤네트가 물었다.

"염화의 시련이 뭔가요?"

"뜨거운 화염을 견디는 시련이다! 이걸 통과해야 여신의 신랑이 될 수 있다!"

야나크는 바닥에 역수로 꽂힌 칼자루를 가리켰다.

"염화의 시련만 통과하면 저 신탁의 검을 뽑을 수 있다! 날이 아주 사납고 좋은 검이다!"

파이어 트롤들이 여러 방어구가 놓인 선반을 가져왔다. 거대한 철갑옷이 있는가 하면, 딱딱한 투구나 방패도 많이 보였다.

신관 트롤이 두 남자를 보며 소리쳤다.

"염화의 시련은 간단하다! 여기에 있는 방어구 중 하나를 선택해 다가오는 화염을 견뎌내라! 원하면 자신이 소지한 방어구를 써도 좋다! 화상을 입더라도 쓰러지지 않고 견디면 통과다!"

야나크가 몰래 귀띔해 주었다.

"붉은 삼각뿔 방패를 골라라! 레드 와이번의 가죽으로 만든 거라 화염 내성이 가장 강하다! 근데 제대로 불길을 막아도 너 흰 손바닥이 녹아내릴 수 있다!"

"조언은 고마운데, 귓속말이 너무 크다고 생각하지 않냐?"

"그런가! 트롤은 원래 크게 말한다!"

신관 트롤이 야나크에게 꿀밤을 때렸다.

"이놈! 어디서 훈수냐!"

"아프다!"

야나크는 울상을 지었다.

"이것이 시련에 쓰일 불이다!"

신관 트롤은 화염이 휘감긴 심장을 가져왔다.

척 봐도 뜨거운 열기가 뿜어져 나왔다.

"화염거인의 심장은 누구도 범접할 수 없는 뜨거운 불길을 뿜어낸다! 무딘 살결을 녹이고 태산을 태워내지! 자, 누가 먼저 도전할 텐가!"

화염거인의 심장으로부터 삐져나온 불길이 발 근처에 닿았다. 단지 그것만으로도 신발 밑창이 녹아내렸다.

헨릭은 재빨리 손을 들었다.

"난 포기하겠수다."

"헨릭! 어떻게 그럴 수 있는가!"

"누구 불타서 죽을 일 있나?"

헨릭이 뒤로 물러나고 강윤수 혼자 남았다.

"너는 염화의 시련에 도전할 텐가!"

"어."

강윤수가 고개를 끄덕이자 주변에서 환호가 울려 퍼졌다.

파이어 트롤들은 용맹한 전사를 좋아한다.

모처럼 구경거리를 만난 이들은 옹기종기 모여 앉아 염화의 시련을 구경했다.

"자, 그럼 방어구를 선택해라! 방패를 들 텐가, 아니면 갑옷을 착용할 텐가!"

강윤수는 그 자리에 있는 가장 훌륭한 방어구를 선택했다.

그는 샤네트의 손목을 잡았다.

"너."

"네?"

샤네트가 눈을 멀뚱멀뚱 떴다 감았다.

강윤수는 담담히 말했다.

"나는 이 여자를 방패로 쓰겠다."

"들었나? 암컷을 방패로 쓴다고 했다!"

"세상천지에 저렇게 악독한 인간이 있다니!"

"맙소사! 우리보다 나쁘다! 저런 쓰레기도 없다!"

놀란 트롤들이 웅성거렸다.

아랑곳하지 않고 강윤수는 샤네트의 허리를 감싸 안았다.

"강윤수 님?"

샤네트가 얼굴을 조금 붉혔다.

반면 강윤수는 덤덤히 그녀를 안아 들었다.

"정말 그 암컷을 방패로 쓸 생각인가?"

신관 트롤이 눈썹을 길게 올렸다.

그가 고개를 끄덕였다.

"어."

의외로 헨릭과 아이리스는 그럴 줄 알았다는 반응이었다.

"난 가끔 저놈이 존경스러워. 사람이 아무리 미쳐도 저 정도 기행을 벌이긴 쉽지 않거든."

"과연 강윤수구나."

샤네트는 그를 바라보며 한숨을 쉬었다.

"절 이렇게 당당히 방패로 삼으시는 분은 강윤수 님뿐이에요."

"어차피 괜찮잖아."

"그래도 마음가짐이란 게 있잖아요. 저 대신 식사 당번 해주세요."

강윤수의 눈가가 미세하게 꿈틀댔다.

"하기 싫은데."

"그럼 내일 아침만요. 네?"

샤네트가 조르자 강윤수는 낮은 목소리로 말했다.

"알았어."

신관 트롤이 이글거리는 심장을 움켜쥐었다.

겉돌기만 했던 열기가 사뭇 짙어졌다.

"염화의 시련을 시작하겠노라!"

새빨간 심장을 쥔 손아귀로부터 열기가 화악 뿜어졌다.

눈앞에 떠오른 것은 붉은 빛깔 화염이었다.

화르륵-!

강윤수는 재빨리 샤네트를 이용해(?) 불길을 막았다.

그녀의 어깨와 배에 불꽃이 닿았으나 옷자락이 타기는커녕 온화하게 사그라졌다.

"맙소사! 불꽃이 암컷에 닿자마자 사라졌다!"

"저 암컷은 껍질이 우리보다 두꺼운가 보다!"

이번에는 심장에서 푸른 빛깔 화염이 튀어나왔다.

열기가 파도처럼 다가와 두 사람을 휩쓸었다.

화라락-!

푸른 불꽃이 분산적으로 퍼졌다. 강윤수는 적절히 샤네트의 허리를 붙잡고 불길을 막아냈다.

그 동작이 마치 춤사위처럼 부드러웠다.

"어지러워요."

"참아."

강윤수는 샤네트를 안고 계속 움직였다.

불길은 점점 빠르게 다가왔으나, 이상하게도 강윤수의 감각은 그렇지 않았다.

샤네트가 그의 어깨를 감싸 쥐었다.

시간이 느려진 것만 같았다.

두근……두근…….

그녀의 심장 소리가 손끝에 닿았다.

무어라 묘사할 수 없는 온기가 손아귀를 타고 들어왔다.

그 온기가 지나온 삶을 떠올리게 했다.

'떠올려선 안 돼.'

강윤수는 눈꺼풀을 지그시 떨었다.

주변의 광경이 사라졌다.

어째선지 샤네트와 결혼했던 삶이었다.

혼인을 서약하고 그녀와 입술을 맞췄던 날, 그는 울었다.

그러나 어째서 눈물이 났는지 잊어버렸다.

'아이를 낳았지.'

행복하게 살았는지 기억이 확실치 않다.
그러나 아마도 행복했을 거다.

'……아이의 이름이 뭐였더라.'

지금은 사라지고 만 자신의 자식.
마황에게 세상은 멸망했고 샤네트와 아이는 죽었다.
이제는 내 품에 안을 수 없는 나의 자식.
나의 가족.

'나는 어째서 내 아이의 이름을 잊어버렸지?'

그는 스스로에게 물었다.
자신은 모른다고 대답했다.
외모는커녕 성별조차 기억에 없었다.

'그 후 나는 자식을 만들지 않았다.'

생명의 탄생이 결정지어지는 순간은 일순간이다.

이제 그 아이는 태어날 수 없다.

하지만······.

'나는 알고 있었어.'

그래.

자신은 알고 있었다.

마황에게 세상이 멸망하고, 결국 자신의 가정은 파탄 난다.

'애써 무시했다. 아이가 죽을 것이란 걸 알면서도, 나는 가정을 이뤘어.'

남들처럼 살고 싶었다.

가정을 꾸리고, 평범하고 행복하게.

세상의 존망 따위 무시한 채 살아가고 싶었다.

'나는 그 삶을 잊으려고 했어. 내 아이를 잊으려고 했지.'

세상이 멸망하고 회귀를 한다.

오로지 자신 혼자만.

그가 지켜낸 것은 언제나 없었다.

과연 마지막 삶이라고 다를 것인가?

"강윤수 님?"

세상의 풍경이 돌아왔다.

어느새 시련이 끝났는지 다가오는 불꽃은 없었다.

샤네트가 동그래진 눈동자로 자신을 바라봤다.

"왜 울고 계세요?"

주위는 조용했다.

강윤수는 흘러내린 눈물을 매만졌다.

축축했다.

"몰라."

그는 무심히 말하고 눈물로 젖은 뺨을 닦았다.

신관 트롤이 소리쳤다.

"염화의 시련을 무사히 통과했다! 이자가 바로 여신의 신랑이다!"

"오오!"

멍청히 입만 벌리고 있던 트롤들이 그제야 환호했다.

아이리스가 고개를 갸웃거렸다.

"강윤수는 왜 갑자기 울었느냐?"

"뭐, 마음 깊은 곳에 세상 풍파가 밀려왔나 보다."

헨릭은 어깨를 으쓱였다.

"여신의 신랑이여! 축하한다! 그대는 비로소 신탁의 검을 뽑을 자격을……."

신관 트롤이 말을 끝맺기 전이었다.

강윤수는 곧장 샤네트를 내려 두고 검이 꽂힌 자리로 걸어갔다.

그러고는 곧바로 흰 검을 뽑았다.

「신탁의 검」

등급-희귀

절삭력: 127

여신의 자애로움이 깃든 검. 대륙에 흩어져 있는 7개의 성물 중 하나다. 모든 성물을 모으면 대륙 유일의 축복이 부여된다고 한다.

*되살아난 자에게 강한 위력을 발휘한다.

*천사들의 성전으로 가는 길을 안내한다.

*신관에게 인정받은 자만이 검을 사용할 수 있다.

강윤수는 신탁의 검을 허리춤 칼집에 넣었다.

트롤들은 감탄했다.

"신관의 말을 무시하고 검을 뽑다니! 저놈 묘하게 마음에 든다!"

"과연 악당이다! 나도 저렇게 속 시원하게 살고 싶다!"

"잘생기고 나쁜 놈이라 여신이 좋아하나 보다!"

신관 트롤은 눈살을 찌푸렸다.

"다들 조용히 해라!"

트롤들은 입을 다물었다.

그때 야나크가 당당히 앞으로 나섰다.

"신관! 내가 데려온 후보가 여신의 신랑이 되었으니, 이젠 내가 족장인가?"

신관 트롤은 영 내키지 않는 표정으로 말했다.

"마음에 걸리지만 어쩔 수 없군! 약속은 어길 수 없다! 야나크, 이젠 네가 파이어 트롤의 족장이다!"

"오오!"

야나크는 감격한 듯 코를 훌쩍였다.

"축하한다! 야나크!"

"네가 해낼 거라 믿었다!"

다른 파이어 트롤들이 격려해 주었다.

야나크는 씩씩하게 소리쳤다.

"나, 야나크! 지금 족장으로서 첫 명령을 내리겠다!"

"무엇인가!"

"다들 행복하게 살아라!"

"오오!"

족장의 감격 어린 첫 명령에 트롤들은 눈가가 촉촉해졌다.

헨릭이 그 광경을 보고 비아냥거렸다.

"아주 눈물겹구만."

신관 트롤은 강윤수를 앞에 두고 말했다.

"여신의 신랑이여! 그 검을 쥐었다는 것은 곧 여신께서 그대를 인정하신 거다! 그대는 더없이 위대한 직책을 맡았고, 그것은 여신의 온화함을 의미한다! 이유야 모르겠으나 실피아 여신께서 너를 곁에 두길 원하셨고 훗날 영광스러운 도약의 밑바탕이 될……!"

"됐고, 의뢰 줘."

강윤수는 신관의 말을 끊어버렸다.

신관 트롤은 못마땅한 표정을 지었다.

"오늘 서쪽 변방을 관찰하러 떠난 정찰대가 돌아오지 않고 있다! 서쪽 사막에는 행인을 잡아먹는 대형개미지옥이 서식한다! 뒤늦게 돌아온 생존자의 증언에 따르면, 정찰대는 그 개미지옥에게 먹혔다고 한다! 그놈을 찾아 죽이고 우리 동족을 구출해야 한다! 우리와 함께하겠는가?"

"어."

강윤수는 고개를 끄덕였다.

【전설 의뢰-개미지옥사냥】

대형개미지옥은 멸망사막의 서슬 퍼런 포식자다. 지나가는 모든 것을 닥치는 대로 잡아먹는 그 몬스터는 마침내 트롤까지 삼켜 버렸다. 아직 개미지옥의 소화액이 트롤들을 녹이기까지는 시간이 남았다. 서둘러 파이어 트롤들을 구출하라.

*포식자는 오후에 모습을 드러낸다.

현재 남은 시간: 17시간 48분 52초

보상-호의를 가진 트롤 16명

"대형개미지옥 사냥이다!"

"오오!"

야나크와 트롤들이 몽둥이를 들어 올리며 전의를 불태웠다.

헨릭이 황당한 표정을 지었다.

"아니, 정찰대가 개미지옥한테 먹혔으면 여신의 신랑이고 뭐고 얼른 구하러 갔어야 하는 것 아니냐?"

그러자 야나크가 설명해 줬다.

"일주일에 너덧 번은 있는 일이다! 나도 예전에 대형도마뱀에게 먹혔다가 소화되기 직전 구출된 적이 있다! 그렇게 심각한 일은 아니다!"

"……궁금해서 그러는데, 너희 예전 족장은 뭐 하다 직책을 내려놨냐?"

"예전 족장은 사막에서 모래찜질하다가 파묻혀 죽었다!"

"가관이구만."

헨릭은 진심으로 감탄했다.

샤네트는 강윤수를 걱정스러운 표정으로 바라봤다.

"어디 안 좋으세요?"

"괜찮아."

강윤수는 덤덤히 말했다.

그들은 채비를 갖추어 사막의 서쪽 지대로 떠났다.

개미지옥은 평소 모래 속에 파묻혀 살아 찾는 것이 쉽지 않았다.

"여기야."

강윤수가 한쪽 구석을 가리켰다.

야나크가 반신반의하더니 고개를 갸웃거렸다.

"그게 무슨 소리인가?"

야나크가 그곳으로 한 발짝 내딛는 순간이었다.

푸석-!

모래가 움푹 꺼지더니 커다란 집게발이 올라왔다.

"대형개미지옥이다!"

"여기가 놈의 사냥터였다!"

원형을 그린 모래 구덩이는 휩쓸리면 빠져나오기 쉽지 않았다. 대형개미지옥은 그 자리에서 유유히 지켜볼 뿐, 나오지 않았다.

전설 의뢰의 제한 시간은 10분밖에 남지 않았다. 자칫하

면 개미지옥에게 먹힌 트롤들이 그대로 소화될지도 모르는
상황.

강윤수는 칼을 들고 소리쳤다.

"함정을 피해 움직여라. 개미지옥의 약점은 턱 사이의 공간
이다."

강윤수는 화이트를 소환했다.

"우르노크라−!"

그는 소환수 위에 올라탔다. 드넓은 모래 구덩이를 흰 웨
어울프는 빠르게 종횡무진했다.

서걱−!

강윤수의 칼이 개미지옥의 턱에 상처를 입혔다.

대형개미지옥은 몸을 꿈틀거리더니 모래 속으로부터 올라
왔다.

"케르르륵!"

"놈이 구덩이 밖으로 나왔다!"

"지금 죽여야 한다!"

파이어 트롤 쉰 마리가 동시에 달려들었다. 종족 특성상 뜨
거운 피부를 지닌 그들은 가까이 있는 것만으로도 화염 피해
를 줬다.

몽둥이는 단순한 무기였지만 트롤들의 악력은 강력했다.

콰직−!

"케르륵−!"

상처 입은 개미지옥이 다시 모래 속으로 들어가려고 했다.

"헨릭."

강윤수가 말했다.

헨릭은 고개를 끄덕이고 마나의 실을 꺼냈다.

"실 묶기."

개미지옥의 몸이 실로 칭칭 묶였다. 아이리스가 헨릭의 허리를 움켜쥐었다.

그러자 그가 곧바로 얼굴을 찡그렸다.

"이것 좀 안 하면 인 되냐?"

"헨릭은 나보다 힘이 약하잖니."

"썩을."

아이리스는 싱긋 웃으며 헨릭을 힘껏 잡아당겼다. 그는 팔이 끊어질 것처럼 아픈지 오만상을 지었다. 실에 묶인 개미지옥이 조금씩 밖으로 끌려 나왔다.

"염화술!"

샤네트의 사이드에서 불길이 튀어 나갔다. 개미지옥의 눈알이 화염에 휩싸였다. 동시에 트롤들이 달려가 몽둥이질을 했다.

"케르르륵-!"

생명력이 한계에 다다른 개미지옥이 몸을 꿈틀거렸다. 그때 강윤수를 태운 화이트가 매섭게 치고 나갔다. 그는 높이 뛰어 대형개미지옥의 머리에 칼을 꽂았다.

퍼걱-!

털썩.

커다란 대형개미지옥이 쓰러졌다. 잔여 시간이 고작 1분 남아 있던 순간이었다.

"승리했다!"

"어서 배를 가르자!"

파이어 트롤들이 서둘러 개미지옥의 배를 갈랐다.

끈적끈적한 소화액이 묻은 파이어 트롤들이 배 속에서 굴러 나왔다.

"라르크! 살아 있었구나!"

"한숨 자다가 나왔다! 좀 끈적거리긴 하지만, 이놈 배 속은 아주 괜찮은 침낭이다!"

"리쿼! 네가 죽지 않았을 거라 믿었다!"

"다시 만나 반갑다! 내가 제일 먼저 먹혀서 피부가 좀 까졌다. 하지만 이 정돈 재생될 거다!"

대형개미지옥의 배 속에 있던 트롤들은 무려 16명이나 되었다.

그들은 새로운 족장에게 인사를 올렸다.

"구해줘서 고맙다! 야나크 족장!"

"당연히 해야 할 일을 했을 뿐이다!"

야나크가 뿌듯하게 웃었다.

어느새 날이 저물었고 그들은 노숙했다.

샤네트가 걱정스러운 얼굴로 물었다.

"저녁 안 드세요?"

"어."

강윤수는 사막 저편을 바라보고 있을 뿐이었다.

그때 헨릭이 일어나 그의 어깨를 찔렀다.

"야, 너, 나 좀 따라와라."

두 남자는 모래 언덕 위로 올라왔다. 차갑게 식은 사막의 장관이 한눈에 들어왔다.

헨릭이 나지막이 물었다.

"힘드냐?"

"어."

헨릭은 그 이상 묻지 않았다.

그는 배낭에서 잔 두 개를 꺼내 술을 따랐다.

"한잔해라."

강윤수는 말없이 술잔을 받았다. 지독한 술의 향기가 올라왔다.

그는 술을 마시면 머리가 아주 아팠다.

때론 기억을 잃는다.

'마지막 삶, 잡념을 버려야 한다.'

그는 술잔을 입으로 가져갔다.

지나온 삶의 실패를 잊기 위해.
이제는 사라진 자식을 잊기 위해.

강윤수는 술을 마셨다.

to be continued